失语的男孩

[法]南希·吉尔贝 [法]耶尔·哈桑 著
陈静 译

中信出版集团 | 北京

图书在版编目（CIP）数据

失语的男孩 /（法）南希 · 吉尔贝，（法）耶尔 · 哈桑著；陈静译. -- 北京：中信出版社，2023.3（2024.7重印）
ISBN 978-7-5217-5318-9

Ⅰ. ①失… Ⅱ. ①南… ②耶… ③陈… Ⅲ. ①儿童小说 - 长篇小说 - 法国 - 现代 Ⅳ. ① I565.84

中国国家版本馆 CIP 数据核字 (2023) 第 022901 号

失语的男孩

著　　者：［法］南希 · 吉尔贝　［法］耶尔 · 哈桑
绘　　者：王国政
译　　者：陈静
出版发行：中信出版集团股份有限公司
（北京市朝阳区东三环北路27号嘉铭中心　邮编　100020）
承 印 者：河北鹏润印刷有限公司

开　　本：880mm × 1230mm　1/32　　印　　张：8.75　　字　　数：130千字
版　　次：2023年3月第1版　　印　　次：2024年7月第2次印刷
京权图字：01-2022-5826
书　　号：ISBN 978-7-5217-5318-9
定　　价：35.00元

服务热线：400-600-8099
投稿邮箱：author@citicpub.com

献给“五月广场的祖母们”。

——耶尔·哈桑

文字就像植物一样，
被采摘、轻嗅、品尝。
献给所有热爱文字的人。
给我的孩子们。

——南希·吉尔贝

埃利奥 / 泡泡

精神一旦被封闭在语言中，就失去了自由。

——西蒙娜·薇依，《伦敦文稿》

我叫埃利奥，最近我决定用回儿时的小名，那是妈妈给我取的。尽管除了我以外，没人知道我用回了那个名字。

“埃利奥，你总是待在泡泡里……”

“亲爱的，从泡泡里出来吧……”

我从小就叫“泡泡”，直到上了中学以后，我觉得自己已经长大了，就决定不再用这个小名了。但是现在看来，这个小名十分贴切，好像妈妈在我小的时候就已经预见了我现在的遭遇。

我不想替自己感到难过，但就在七个月前，一次意外猛然把我推进了一个可怕的世界，那里到处都是管子，还有各种脑部检查。

这一切都太突然了！我先是感到一阵猛烈的撞击，

随后便是无边的黑暗。我昏迷了整整一个半月。听说每昏迷一周就需要做一个月的康复治疗，所以如果我没算错的话，早在一个月前，我就应该像医生说的那样，恢复了“所有功能”。

不过，我却没那么幸运，因为我患上了布罗卡失语症。这种疾病限制了我的部分功能，我几乎能理解别人对我所说的一切，但是却不能表达自己。同时，我的身体有多处骨折，所以对我来说，走路是件十分困难的事：在淡绿色的走廊里走了三十米后，我就已经气喘吁吁了，仿佛刚爬完十五层楼。

尽管我看起来像一个瘫坐在轮椅上的植物人，但我可以听见一切，我可以感受到身体中的每一个细胞。然而，我不会说话，只会笨拙地执行理疗师或护士的指示，所以人们会像对待精神障碍患者那样对待我，怜悯地和我说一些简单的句子。

那个喜欢科学、爱打手球的埃利奥已经不见了。从现在开始，我是“泡泡”，因为我被困在自己内心的泡泡里，就像一个必须戴着头盔才能在太空中生存的宇航员。

我选择这个名字还有另外一个原因，但我不愿意去想。发生意外的那天，我和妈妈一起沿着峭壁行进，脚下就是于拜埃谷地。我们想去寻找一种稀有的花——被誉为“阿尔卑斯山皇后”的高山刺芹，我很想把它画下来。但就在那天，我失足坠落，险些粉身碎骨，一命呜呼。

开始时，旅途很顺利，但后来我们逐渐起了争执，当时的情景仍历历在目。我非常生气，对妈妈喊道：“我真是受够了！你一点儿也不理解我！”

“埃利奥！小心，不要靠崖边那么近。”

“我才不管呢！”

我加快了脚步，但是当我感觉到脚底打滑时，已经晚了。我拼命地抓住一根树枝，任由它划破我的手心，但它还是承受不住我的重量。山中传来我的尖叫声，下坠十五米后，我的头撞上了岩石，叫声便戛然而止。

后来，发现我们的驴友告诉我，妈妈被吓得昏了过去。醒来后，她忘了自己是谁，也不记得我是谁。她没法照顾我，甚至不能一个人上街买东西或是签文件。

她的记忆零零散散地恢复了，随后又消散了。她时常哭泣，并患有严重的焦虑症。她也被困在了泡泡里，被它吞没了。她的泡泡就像脉纹紫瓶子草一样，那是一种长有艳丽花瓣的食肉植物。也许泡泡正在消化妈妈。

“她还需要一段时间才能从这个打击中缓过来。”神经外科医生邦特教授向我解释道。他并不清楚我到底听懂了多少，但我从他的目光和语调中读懂了这个消息。他慢声慢气地和我讲话，仿佛我还是一个六岁的孩子。

“你妈妈患上了逆行性遗忘症。”

明天我就要离开三椴树康复中心，暂时住在我的寄养家庭丹维尔家。

“你可以的，埃利奥，”心理医生桑德拉向我解释道，“虽然你还不能正常说话，但你已经能够自理了。我们认为，现在是时候让你面对现实生活了。只有这样，你才能好转。我们注意到你最近不再那么努力交流了，所以我们认为应该给你换个环境。米安加里每周会去给你做三次言语治疗，帕特里克每周二和周四会去帮你做理疗。救护车会在每周一、三、五下午一点把你带回康复中心做进一步治疗和评估。”

看我一脸倔强的样子，她又说道：“我知道你想回家，但这是不可能的。不过我们会努力让你和你妈妈尽快相聚。”

我把头转过去。哼！我最讨厌的就是去寄养家庭……但显然我愤怒的眼神还不足以让她明白我的态度，我得说出来才行。

我很害怕。

“他们家有两个孩子，”桑德拉兴奋地说道，“其中一个跟你一般大。”

那又怎样？我不在乎。我只想要我的房间、我的床、我的家，而不是丹维尔家。

我听说，因为妈妈担心自己遭遇不测，所以在很久之前就托付了丹维尔一家照顾我。的确，现在噩梦成真了。我特别想知道她是怎么认识丹维尔一家的，为什么她从来没有把我介绍给他们认识，以及为什么她认为我会愿意住到完全陌生的人家里去。

米拉

每当听到他们说“孩子们，我们有事要告诉你们”时，不知道为什么，我总是会预想到最糟糕的情况。

况且这次，爸爸还特意嘱咐比安卡：“比安卡，如果你愿意的话，也留下来一起听听吧。”

“孩子们，”妈妈说，“我们要收留……”

“是迎来。”爸爸纠正道。

妈妈朝着爸爸局促地笑了笑，随后又接着说道：“我们即将迎来一位……”

她正看着爸爸，然而我内心却十分焦躁不安。因为我们家绝不会收留任何流浪汉、移民或者黑户，甚至不会收留一条没戴项圈的走失的狗……不，在我家不可能发生这种事……

“我们家即将迎来一位残疾小伙子。”说着，妈妈的脸变得通红。

我沮丧地看向我的弟弟吕邦，但他似乎并没有意识到我们即将面临多么大的灾难。

至于比安卡，她还是老样子，眼睛一眨不眨。我从小就认识她，我和她在一起的时间大概比和妈妈在一起的时间还要长，但她那张扑克脸，从不表露任何情绪，常常会让我感觉不自在。

所以，只能由我来发问："你们打哪儿弄来这个人？"

"说来话长。"爸爸含糊道。

"这不重要，"妈妈接着说道，"眼下重要的是，你们要好好地接待他。"

"他有什么毛病？他不会是个傻子吧？"

爸爸妈妈向我投来责怪的眼神，我却毫不在乎地继续问道："那么，你们到底有什么打算呢？打算成为寄养家庭、残障青年之家吗？"

"米拉！"他们异口同声地喊道。

"如果你们指望我像老妈子一样照顾他，那么你们就打错算盘了。我现在可以走了吗？我还有别的事要忙！"

我把他们四个人晾在那里，有点恼火地上楼回到自己的房间。不，是非常恼火！同时，我也十分惊讶。因为在我看来，这个决定有些草率，没有经过任何讨论，也从来没有向我和吕邦说起过。

这背后肯定另有原因。

到底是什么原因呢？

比安卡

我像往常一样，不发表任何意见，嘴角依然挂着笑容，一边点头一边恭顺地说：“是的，夫人，是的，先生。”

最起码，米拉的态度不是很热情。而吕邦，他一如既往地乖巧，还因为好奇而有些兴奋。

“亲爱的比安卡，我家孩子们的反应你也看到了，我们希望您能……”夫人说道。

显然，她在寻找恰当的表达。她的丈夫过来救场。

“埃利奥虽然坐着轮椅，”他说，“但如果有人帮助他的话，他也可以站起来。他有多处骨折，但最严重的是他心理上的问题。他不能说话，所以需要您的帮助，不过他也会在家里接受理疗和其他护理。”

“我们打算让他住在一楼的客房里，”夫人说，“一楼客房有独立的卫生间，行事更方便些。”

“行事？什么事？”我的心中不禁产生疑问。

“他明天到，您应付得来吗？”丹维尔先生继续说道。

明天？除去其他要做的事，我只有一下午的时间来打扫卧室和里面的卫生间。

“没问题，夫人，先生。”我恭顺地应道。

“太好了！”他们异口同声地笑着说道。

好在哪里？这两个人可真奇怪啊。男主人忙着做生意，而女主人我也不常见到，她是一名瑜伽老师，到处去上课、开会。他们爱自己的孩子，这一点不可否认。但在我看来，他们两人都没有花足够的时间与孩子们相处。他们意识到这个问题了吗？为什么还要在家里收留一位残疾小伙子？他们总是这样奇怪。尽管我已经为他们工作了十几年，但我还是不习惯。我不想抱怨，因为他们一直都很正派。我从吕邦还是个婴儿时就开始照顾他，这对我来说是一种莫大的幸福，即便有时会让我感到十分痛苦……至于米拉，她尽可以在父母面前扮演叛逆少女，但在我面前可行不通。有一段时间我们两个相处得很好。现在我仍然非常爱她。当然，我爱她要比她爱我多得多！但我并没有因此而感到困扰。米拉和这个家庭的其他成员一样，在本质上是一个善良的人。

埃利奥 / 泡泡

同植物一样，大多数人的潜在特性只会在偶然中显露。

——弗朗索瓦·德·拉罗什富科

在我很小的时候，大概四五岁的样子，妈妈带我去过植物园。我一下子就迷上了食肉植物，这种一见钟情式的迷恋直到现在仍没有消退。

那天早上，看着凶猛的捕蝇草，我惊讶得目瞪口呆。于是，我决定成为一名植物学家。植物就像人一样，我喜欢观察这两个类别并加以比较。

人，有高有矮，有美有丑，有的大方，有的小气；而植物，有的庞大到足以遮空蔽日，有的微小到让人难以察觉，有的可以治病救人，有的却可以放毒害人。

我有自己的一套理论。我认为世界上有一半人是烂人，他们把时间花在烦扰另一半人上，而后者只想平静地生活而已。植物也一样，不过它们要比人类好一些。妈妈说这种观念有些老套，但我坚持自己的理论。

因此，每当我遇到一个人，我就会从各个角度去分析他，然后在我的笔记本上评估他，在旁边画上与他相似的植物。这样做真的很有趣，但不是每个人都喜欢。有人说，我会直直地盯着别人，有时甚至表现得非常无礼。四年级时，我的老师就是这样和我妈妈说的。

“我批评他的时候，他连头都没有低下去。”老师抱怨道。

“他还犯了哪些错？”妈妈叹了口气，她已经习惯了我把圈了一大堆“红点”的纪律手册拿回家。这些“红点”意味着“埃利奥既不懂得约束自己，也不遵守班级纪律”。

“他没举手就抢先回答问题。都这么大了，还犯这种错误，真让人难以忍受！您想想看，如果所有学生都像他一样，该怎么办？”

妈妈听后没有发火。“我会和他谈谈。”

“哼！”库皮女士生气地看着我说，“我觉得和他谈也没有用。他只做他想做的事。”

那天晚上，我从班级合照上剪下老师的头像，把它贴在长着长腺毛的茅膏菜旁边。

幸运的是，五年级的时候，我来到了德雷兹女士的班级，她让我变得没那么讨厌学校了。每当我看向她蓝汪汪的眼睛，我总会想象自己在里面游泳。她理解我对植物的热情，并且给了我展示的机会。我从一年级起，就是一个令人讨厌的学生，但她却让我准备每节科学课的报告。

作为交换，我得保持安静，老老实实地学习。

“你可以做到的，埃利奥，坚持就是胜利。不要烦躁，在你的本子上好好画，答应我，好吗？”

这个办法奏效了。妈妈再也没有听到任何对我的批评，而且其他同学也不再把我当作一个多动的外星人了。

我甚至听到，那个我最讨厌的女孩卡珊德拉对马埃利斯低声说："我们不能再戏弄埃利奥了，他现在是老师最喜欢的学生。"

于是，德雷兹女士那可爱的面孔和拉帕乔树的花朵一起出现在了我的笔记本上。拉帕乔树可以治愈疾病，而这位老师也在那一年治愈了我的病。

从那以后，我便一直没有停笔。我有许多笔记本，里面满满当当地画着我此生遇到的所有人。虽然十五年并不长，但我每年遇到的人却多得离谱。

然而这七个月以来，我一直都没碰过那些笔记本。它们都放在家里，我不想让任何人碰它们，就没有让别人拿给我。

生活已经夺走了我的母亲和我的笔记本。当我坐着救护车前往那讨厌的寄养家庭时，有一瞬间，我问自己还有什么是可以失去的。

还有我的尊严，毫无疑问。

索菲

可怜的孩子，生活对他是多么残酷啊！如果换作我，被带到陌生的环境中生活，我该怎么办呢？更何况，他不仅无法表达自己的想法，而且似乎也没有理解能力。刚刚，我和马克西姆扶他上救护车的时候，我冲他笑了笑，可是他却把头转向了另一边。他就那样一动不动地看着车窗外的街道不断向后掠去，一言不发。身为救护车司机，我不是没见过像他这样的病人！但是，不知道为什么，他格外触动我的心，或许是因为他今后将无依无靠了吧。

这孩子以前什么样？快乐？活泼？一定是这样的。十五岁正是充满活力的年纪。天哪，如果是我的埃尔万躺在那里，我想我每天都会活在绝望之中！

我决定再试一次，于是回过头看向他。

“埃利奥，你还好吗？你渴不渴？这个季节天气真热，是吧！”

他摇了摇头，然后说：“喝……”

我同情地看着他。他肯定是想喝水，尽管他刚刚摇头了。他一定是神志不清了，这个可怜的孩子。

于是，我插上吸管，把杯子递给他，可他再次拒绝了，并刻意把头扭到另一边。

“你看着吧，”马克西姆低声对我说，“他看起来脾气大着呢，那些收留他的人可有的受了！”

米拉

“瞧，妈妈回来了！”

往常我放学回来的时候，家里只有比安卡。但是今天，我差点被妈妈脱在门口的鞋子绊倒，我还听见从客厅里传来她和爸爸的声音……

“发生什么事了？”我边问边向他们走去。

好吧，答案显而易见。他们正坐在他的对面。我得绕过他的轮椅坐到爸爸、妈妈、吕邦和比安卡旁边，才能看清楚他的模样。他们四个接待委员会成员正在观察他，近乎病态地搜罗着可以谈论的话题。

他没看任何人或者东西，哦不，他看了，他正透过没拉帘子的落地窗，凝视着窗外的花园。

“米拉，我给你介绍一下，这位是埃利奥。”妈妈对我说道。

我动了动嘴皮子说：“嗨，埃利奥。”

他没有回应我。

“他是聋子吗？”

爸爸生气地看了我一眼。“米拉，别这样！”

“我怎么了？他没反应，说不定是个聋子呢！”

“他没聋，我们刚刚得知他患了失语症。”妈妈小声说道。

“失什么？”吕邦问道。

“他不能说话。”爸爸解释道。

“好可怜啊！”吕邦叹了口气，“所以他是哑巴吗？”

爸爸摇了摇头说：“不，他不是哑巴，只是暂时不能说话。”

听着爸爸述说他所了解的情况，我打量起眼前这个男孩。他应该有十四五岁……但是他瘫在轮椅上，十分瘦弱，所以我很难确定他的实际年龄。他看起来心不在焉，甚至对我们视而不见！

“没意思。”我嘟囔着转身想回房间。

然而妈妈却拽住了我。

“米拉，我知道我们没有事先征求你的意见……一切都决定得很仓促！甚至太仓促了！”她叹了口气后又补充道，“但无论如何，埃利奥会在我们家待一段时间，所以我们不得不……与他相处，你明白吗？”

我站在那里，十分不安。妈妈已经很久没有用这样耐心的语气对我说话了。显然，一定是发生了什么事，让她不知所措。

我的语气也随之缓和下来："可我们为什么要收留他呢？"

"由于一些原因，我们必须这么做。事情很复杂，我身不由己……但是他也别无选择，你明白吗？所以我真心希望你和吕邦能帮帮忙。"

"怎么帮？"

她笑着说道："以后对他友好些就可以了。"

"可他甚至都不会说话！"

"他虽然不会说话，但不代表心里不明白。事实上，我们并不了解他的实际情况……"

"好吧，但他既然没有反应，恐怕也没有理解能力！"

"我嘛，我还是很乐意帮忙的！"吕邦插话道。

"好呀，那你就陪着他吧！"我轻轻地拍了拍他的肩膀，对他说道。

比安卡

埃利奥蜷缩在轮椅里。他不仅不说话，还装作听不到的样子，可是我却从他的眼中看到了愤怒！从他颤抖的嘴角和鼻翼中，我似乎还感受到了他的悲伤。

我的心紧紧地揪在了一起。也许我本该和他一样痛苦不堪。刹那间，那些被压在心底的回忆一股脑儿地涌上心头，我只好暂时闭上双眼让自己远离那些画面。

做完自我介绍以后，我拎起他的包，推着他走向卧室。我帮他脱了夹克，接着开始把他的东西整理到柜子里。过了一会儿，我发觉身后有动静，于是转过身去，看到他将轮椅挪到了床边，正站起身来想爬到床上。我走上前帮他，他却僵住了。

原来，他可以离开轮椅独自行动。这样就好，因为即便我身体很健壮，我也没那个力气把这个小伙子抱起来。

他背靠着枕头，脸正对着花园方向的窗户，和刚刚在客厅时一样。不过那时，我们都在好奇地观察他。

“瞧！埃利奥，你的东西都整理好了。”

他没有回应。

我脱下他的鞋子，他也任由我摆布。

“我得去准备晚饭了。如果你愿意，我会把卧室的门开着。”

他急忙眨了眨眼睛，我想他应该不希望门开着。

于是我离开了房间，并关上了房门。

埃利奥/泡泡

没有梦想，人就会像植物一样死去。

——若埃尔·迪克，《我们父亲最后的日子》

哦，这个米拉，我简直太讨厌她了！我还讨厌这栋房子以及住在房子里的所有人。我被迫和这些人生活在一起，却没有人问过我是否愿意。美丽的花园、明亮的木地板、豪华的家具，这里的一切都令我感到窒息。他们还有一位女佣，我简直不敢相信！她穿着黑色的制服，白色的小围裙以及锃亮的皮鞋，时刻留意着主人们的一举一动。

刚刚我看得很清楚。丹维尔夫人朝我的方向瞥了一眼，她就立刻走过来把我从客厅推走，大概是担心米拉说出一些令人尴尬的话吧。

我想要逃离，逃离我的轮椅，逃离这间满是消毒水味道的卧室！我就像仓库里的包裹一样被他们扔在这里。

如果我的笔记本在手边的话，我会把傲慢的米拉贴

在异株荨麻的旁边。异株荨麻是一种多刺且残忍的植物，接触以后会在人的皮肤和心灵上留下水疱。她为什么要用如此轻蔑的目光看我呢？如果她的目光是喷射出的毒液，那么我可能会像杂草一样被她杀死。

“无聊。”她轻蔑地呼了口气，表示对我没有任何兴趣，然后转身离去。难道在见面之前，她曾对我抱有期待吗？她以为会有一位像利亚姆·海姆斯沃斯那样帅气的小伙子出现在客厅里，带着迷人的微笑，一边小口地喝着可乐，一边讨论着在朋友家举办下次派对吗？我妈妈相信，有些人之所以随意攻击他人，是因为他们内心痛苦不堪。

“埃利奥，你还记得电影《叽哩咕历险记》里的卡

拉巴女巫吗？她就是这样的人，因为她的后背曾经被人扎进了一根毒刺。”

这个被宠上天的女孩，拥有自己想要的一切，她为什么痛苦呢？

那个女佣，虽然她看起来十分友善，但我感觉她什么都怕，甚至也害怕我。她有一双圆溜溜的大眼睛，当她看向我们的时候，活像一只眼镜猴。那我就叫她“大眼儿”吧，谁叫她忘了告诉我她的名字呢，我只好暂时给她取个代号了。

“妈妈，你一定要来找我啊！我不能留在这里，你不能这样对我。求求你快点从泡泡里出来吧！

“你总是说，我们是紧密相连的，就如同一棵橡树和它生出的新苗。你知道的，树木之间是通过根部进行交流的，每当遇到困难，它们会相互发送信号……可是当我们几乎发不出信号时，我们又该怎么办呢？

“我微弱的求救信号，你接收到了吗？如果你也不管我的话，我会没命的。”

这时，突然有人敲门。我刚哭过，于是我费力地抬起左臂，笨拙地擦拭着泪水。忽然间，我无比厌恶自己。我这个面色苍白的可怜虫，就像长在暗处的枯黄的莴苣。

第二下，敲门声更大了些，然后是第三下。真是太奇怪了，他们四个谁在敲门呢？难道是在等我高声回应一句“请进”吗？

在经过一段漫长的沉默后，门把手轻轻转动，出现在门口的是丹维尔先生。他高大瘦削，穿着得体的西装，像是精心打扮过。不过，他却有些不自在，活像我的小猫波芭偷偷跳到桌子上却被我抓个正着的样子。

“埃利奥，我们要开饭了。我推你过去吧？”

我很想拒绝，但是我快要饿死了。诱人的香味从厨房飘来，我最终还是屈服了。犹豫了一下后，丹维尔先生握住轮椅的把手，推着我朝餐厅走去。

我已经没有多少梦想了，但我不愿就这样死去。

比安卡

我端着汤锅，正好看见丹维尔先生推着小伙子来到餐桌前。不知道为什么，这一幕让我有些生气。我想我必须做点什么，哪怕这并不符合我一贯谨慎的作风。

“抱歉先生，我觉得最好还是让埃利奥坐在普通的椅子上吧。”

大家都惊讶地看着我。

“没错，是该这样！”丹维尔夫人立刻回应道，“你说得有道理。”

于是丹维尔先生起身，和我一起将埃利奥挪到了椅子上。然后，我把轮椅推到了餐厅的角落里。

上菜时，我试着和他对视，可他却一直盯着自己的餐盘。餐桌上弥漫着令人尴尬的气氛。幸好有吕邦在，他可以分散大家的注意力，因为他总是有说不完的话！瞧，他开始和我们说起今天他们班去森林郊游的事。他兴奋地说，他们去森林是为了收集树叶，制作标本。小吕邦的愉快情绪感染了大家，也使气氛得到了缓和。

我还在厨房听到吕邦对埃利奥说："埃利奥，如果你愿意的话，我可以给你看我的标本手册哟！"

吕邦

当新来的男孩埃利奥坐到餐桌前时，我忍不住打量他。他的右臂沿着身体略微下垂，看起来非常奇怪。他尝试用完好的左手拿叉子，可食物却总是掉在地毯上。这下我们的狗狗麦哲伦可高兴了！它知道埃利奥比我还要笨手笨脚，所以它刚才从我的椅子旁边溜到了埃利奥那里。

米拉不耐烦地瞟了一眼埃利奥，每当我打翻杯子、说错话或是把睡衣穿反的时候，她也常常这样看我。

我不知道埃利奥有没有看见米拉的表情，也不知道他会不会为此而感到难过。

但我可以肯定，他完全没有受到影响，因为他的心思似乎不在这里。我觉得他的脑子就像他的手臂一样有些笨拙。

我不知道发生了什么，但隐约感觉有些不太对劲，这让我很生气。真烦人，我有一肚子疑问，并预想到了最糟糕的情况。我有权知道这一切，不是吗？

大人们有时候真的很讨厌，他们以为我们还太小，没有办法理解一些事情，所以就对我们隐瞒一切。可是，我已经六岁零九个月了呀！

当爸爸妈妈告诉我们家里要来一位新伙伴的时候，我非常高兴。但是看到米拉生气的样子后，我也不知道该怎么想了。

在他来的前一天晚上，正当我准备睡觉时，妈妈提醒我说："吕邦，你要知道，这位即将住进我们家的男孩，他并不是一个……正常的男孩。他不能和你一起玩耍，也不能在花园里跑来跑去。"

"那他可以玩'我的世界'吗？"

"也不行。他的手臂因为一次意外几乎动不了了。"

我想了想妈妈说的话，有些失望。原本我打算向埃利奥展示我的平衡车，看看我们两个谁更厉害。我想让妈妈多说一点儿，但是她却不说了。她的胸口一直在颤抖，她一定是想哭了。

"他为什么要来我们家呢？你认识他吗？"

"不认识。"妈妈回答道。我很不喜欢她的语气，仿佛在说"烦死了，别问了"。

“那你认识她的父母吗？他们是你和爸爸的朋友吗？”

“不认识。”她回答道，“说到底，这是大人们的事，很复杂，今天晚上先不和你解释了。以后有机会我们再聊，好吗？”

我敢说这里面一定有问题，因为她平时不会说这种话。

我耸了耸肩说：“好吧，你们都不认识他的家人，就把他接到家里来，太奇怪了。但是没关系，我们会好好照顾他的，是吧？我可以向他展示我的收藏品。”

“好主意。”她松了口气，然后摸着我的额头说，“睡个好觉。”

“让走廊的灯开一会儿吧。”我在她离开前请求道。

“我还以为你不用开着灯睡了呢。”

“不，今晚还是要的。”

“晚安。”她轻声说着，给了我一个飞吻。

米拉

我想大声喊：“不，不，不！”。尽管我想把自己的目光从埃利奥身上移开，但还是忍不住去打量他，看他吃饭的样子。没错，他的右臂受伤了，这对于惯用右手的人来说无疑是雪上加霜。盘子边、膝盖上、地板上，到处都是被他洒出来的饭菜，真是让人倒胃口！但是，他似乎并没有妨碍到其他人！吕邦正在和我们说他去森林里郊游的事儿，说他捡到的核桃叶还有他的植物标本手册……

爸爸妈妈到底怎么回事？就我们一家四口不好吗？不过，也可以说是一家五口，因为比安卡也算是我们家的一分子！

尽管刚刚妈妈看起来还有些不知所措，但是现在，她好像已经接纳了这个“麻烦”，仿佛什么都没发生……埃利奥，这个大“麻烦”！

好吧，我必须让自己冷静一下。毕竟，除了无视他的存在，我也没有其他办法了。

一吃完饭，我就立刻上楼回到了自己的房间。

我给闺蜜洛洛发了一条信息：

我：
“礼物”已经到了！可别提这个麻烦精了。

多洛雷丝：
快说说！帅吗？

我：
帅？笑死我了！就是个不会说话、吃饭还特别恶心的家伙！

多洛雷丝：
心疼你！

爸爸敲响了我的房门。

我：
先这样，明天再聊。

爸爸很少来房间看我，他看起来很尴尬，甚至都不知道应该坐在哪里！

我给他指了指桌旁的椅子。

“米拉，我知道这一切来得有些突然，让人无所适从。

而且我们也没有征求你和吕邦的意见。很抱歉让你们不得不接受这一切……但事情已经这样了……”

这简直太不可思议了！长这么大，我从没见过父亲这副模样。仿佛他是孩子，我才是大人！所以，我慢慢地说：“到底怎么回事呢？”

“这件事很复杂，米拉……现在我还没法和你说，因为我不知道该怎么讲，但是我需要你的帮助。在那次不幸的意外发生之前，埃利奥……”

“什么意外？”我打断他，因为从来没有人告诉过我这件事。

“据说，他在游玩时，不小心从山上掉了下去，导致手腕、手臂、右腿多处骨折。医生说，因为他还年轻，身体恢复得快，所以骨折不是最大的问题，最糟糕的应该是他的失语症……但埃利奥以前是个好孩子，是你会喜欢的类型。”

“你怎么知道？你之前认识他吗？”我想立马问他，但还是忍住了，让他继续说下去。

“米拉，我对你唯一的期望，”他更加坚定地说，“就是努努力，克制一下自己。这个可怜的男孩需要我们的爱，你明白吗？”

我没有回答，只是耸了耸肩，叹了口气。我对他们之间的事情一无所知，但我亲爱的老爸却让我帮他的忙。他不是什么都不肯透露吗？那他要倒霉了，因为，我要亲自去查个水落石出！

米拉·丹维尔探长，您现在需要开启一项新的调查！

收到。我之前的调查彻底失败，有关比安卡的一切至今仍是一个谜团。我翻遍了她所有的东西，只发现了一本旧书——维克多·雨果的《悲惨世界》，还有一张小男孩的旧照片摆在她的床头柜上。除此之外，一无所获。关于比安卡，我们只知道她来自阿根廷，仅此而已。

埃利奥 / 泡泡

话语 / 被我打碎了 / 就像一面镜子 / 碎成了千片 / 我一无所有 / 只剩下只字片语 / 在我口中 / 像石子一样 / 而我 / 已经走到了尽头 / 话语的尽头 / 一切的尽头 / 沉默的尽头 / 还有这些 / 我四处躲避的 / 眼睛的尽头 / 仿佛有个震耳欲聋的声音 / 在我脑海中爆炸 / 所有的言语都丢失了 / 所有的言语都丢失了 / 只剩下无尽的记忆黑洞 / 飘浮在漆黑、漆黑的夜里 / 我的言语丢失了

（词：西尔万·勒列夫尔，

曲：朱迪丝·格鲁伯-施蒂策，《失语》）

当神经外科医生告诉我，我得了失语症的时候，我立马将这种疾病想成了一种寄生植物，它未经允许就在我的脑袋里扎了根。

这种寄生植物便是阿鲁藤。这是一种阴险的缠绕性藤蔓，有很大的杀伤力。英国人称之为“残忍的藤蔓”，因为它有剧毒。

从那以后，我再也忘不了阿鲁藤的样子。我幻想着它偷偷潜入我左脑的褶皱和沟回中，然后在大脑的布罗卡区舒舒服服、心安理得地住下来。

当言语治疗师米安加里用训练卡片和《单词跟读》软件为我治疗时，她就像园丁用园艺剪修理阿鲁藤一样。这位园丁有着小麦色皮肤，戴着大圆圈耳环，她灿烂的笑容可以让人忘记一切烦恼。如果没有她，我是不会像婴儿一样去练习发音的，因为那让我感觉像是重新回到了幼儿园大班。

起初在康复中心时，我试过和其他病人聊天。可是一开口，我就意识到自己大声说出的内容和心里想的完全不一样。

从我嘴里说出来的话都是乱的，没头没尾，不是这个音变了就是那个词漏了。

所以，我再也不开口了，因为我明白，妈妈还要在昏暗的泡泡里待上很久，她不能在我身边鼓励我。

只有在米安加里面前，我才允许自己胡言乱语。

“我走在杯子上。”

“我坐在凳子上。”米安加里字正腔圆地把这句话说了一遍，“轮到你了。”

“我……我……”

“坐。”

“坐……坐。我……我……坐……在……凳……”

“凳子上。”

“凳……子……上。”

“非常好，埃利奥。你可以重复一遍吗？”

此时我的内心就像一座火山，含有多种矿物质的滚烫岩浆不断向外喷涌而出。这些岩浆腐蚀着我的内心，我快要被气哭了，甚至想要发火。但是我没有表现出来，还是努力地重复着这句话。

“我坐……坐在……凳……凳子……上。”

来吧，阿鲁藤！让我在你的绿色藤蔓上剪两刀！今晚我会一直重复并牢牢记住这两个新单词。坐，凳子。坐，凳子。坐，凳子。

“恭喜你！埃利奥，你用这个软件自己练一会儿可以吗？”米安加里轻轻地拍了拍我的肩膀，大声说道。

“好的。”

这样的训练持续了好几个月。

“除了我以外，你也应该和其他人说说话。”米安加里坚持道，“你已经取得了很大的进步，我为你感到自豪。但如果想进一步好转，你得多说话才行。毕竟，和我讲一小时是远远不够的。”

“不行……他们会……”

“嘲笑你？”

“是的。”

“你这样想是不对的。你知道，他们也会犯错。”

“不。我不……愿意。”

说实话，我不想和米安加里解释太多。我会和其他人说话的，但是有两个前提：第一，我能够像出事前那样正常说话；第二，妈妈能够恢复记忆。

所以，这并不容易。

今天早上，大眼儿给米安加里开门的时候，我恨不得躲到被子里去。不，我不要在这里开口说话！我不想在讨厌的米拉和好奇的吕邦面前胡言乱语。我好想像以前一样，回到自己的泡泡里，回到三椴树康复中心。

比安卡

“您好，我叫米安加里，是一名言语治疗师！”她带着灿烂的笑容对我说道。我也忍不住对她笑了笑，因为她的笑容充满了热情与友善。

“请进！先生已经提前通知我了。”

她再次冲我笑了笑说：“您的口音是？”

“西班牙语口音。”

“请问怎么称呼您？”

“比安卡。”

“比安卡，很高兴认识您！丹维尔先生和夫人不在吗？”

“不在。先生出去有一会儿了，夫人刚刚出门，孩子们都去上学了。”

“好吧！我和丹维尔先生已经通过电话了，但是还没能和他夫人说上话。”

“我不知道她想不想和您聊。”我本来想这么回答她，但是我忍住了，对她说：“先生问您想在哪里进行治疗，客厅、书房还是埃利奥的房间？”

“让埃利奥决定吧！”她说道。

我很吃惊。“可前提是他能说出自己的决定……”

她没有回应，跟着我来到了埃利奥的房间。

今天早上，我想帮埃利奥洗澡，但他整个人都僵住了，我立刻意识到他可以自己洗。所以我只是把他推到了淋浴间门口，还好里面有长凳。他快要洗完出来的时候，我从衣柜里拿了些干净衣服放到了他床上。

之后我就转身去忙自己的事了，但还是竖起耳朵听他的动静。过了一会儿，我回到他的房间，想看看他是不是已经穿好了衣服。然后我就看到了一个干净整洁的小伙子坐在朝向花园的落地窗前。他转过身来看着我，似乎在用眼神挑衅我，说：“你看到了吗？我根本不需要保姆。”

“懂你的意思了！”我回答道。

在他转过身去之前，我好像从他的眼里看到了一丝喜悦。可能是我太乐观，出现错觉了。

我敲了敲门，然后侧身让米安加里先进房间。

“嗨，埃利奥！”她说道。

埃利奥立刻转过身来，看向她的眼神迷茫且不快。

“你想在房间里治疗还是……”

他马上点了点头表示同意。

“很好！”米安加里鼓励道，并冲我笑了笑，示意我离开房间。

“如果你们有需要的话，记得叫我。”我一边说着一边关上了房门。

吕邦

今天早上在学校，勒萨勒先生在黑板上写下了“包容”二字。

“谁知道这个词的含义？”

克莱芒丝举手回答道：“包容就是不取笑别人。”

“是的，很好。”老师肯定道，“还有其他答案吗？”

“包容就是不因为别人外表丑陋而嘲笑别人。”保罗补充说道。

天哪，我在做梦吧！明明是他最先嘲笑埃克托尔的红头发、路易丝的眼镜和马尔戈的衣服！当我答不对问题时，也是他先嘲笑我。他之所以目中无人，是因为他爸爸是橙果集团的大区总裁，而且他们家有一个游泳池，在圣特罗佩又有一套公寓，车库里还停着捷豹和保时捷。

好在勒萨勒先生并没有上他的当。“没错，保罗，但你得好好反思一下。”

“包容是当别人与我们想法不同时，也要保持和善。”于利亚娜小声说道。

我和她一起脸红了。每当她说话时，我的脸就会变得像番茄一样红，心也会跳得像F1赛车的发动机一样快。保罗通常会拿这样的话来打趣我，比如“哎哟喂，吕邦，你是不是喜欢她？”但在课堂上，他是不敢说的。

“那么你想对那些不愿意包容你的人说什么呢？”老师瞥了一眼保罗，又继续说道。

“让我一个人静静地待着吧！”于利亚娜回答道。

“我想你们应该试着多了解对方，这样才能互相理解，你说呢？”

“是的。”于利亚娜犹豫了一会儿后说道。

勒萨勒先生说：“我们来列举一下自己在学校、家里或户外活动中亲身经历或目睹的不包容现象吧。然后我会给大家读一本这方面的书，明天我们再一起找出解决办法。”

我静静地思考着答案，班上的同学都在举手发言。大家列举了许多现象，黑板很快就被写满了。

“你呢，吕邦？”老师探过头来问我，“你想出答案了吗？”

保罗最好的朋友埃德加在我背后扑哧一声笑了出来。

“没有。”

“你慢慢想，明天再告诉我好吗？”

“好的。”

哦不，其实我已经想好了！我知道自己想说什么，只是不想在这群笨蛋面前开口罢了。

课间休息时，我朝着老师的办公室走去。

“怎么了，吕邦？”

“我家里来了个男孩，他是……残疾人，名叫埃利奥。”

勒萨勒先生的眼睛流露出笑意（没错，他是真的在微笑。有的人嘴巴笑，可眼睛不笑，那样的笑容不是发自内心的）。

他的笑容让我鼓足勇气继续说下去。

“他不会说话，偶尔还会流口水，吃饭的时候总把食物掉在地上。他没办法靠自己站起来，所以需要别人的帮助，米拉却总嘲笑他。”

“米拉是谁？是你的姐姐吗？”

“是的。”

勒萨勒先生点了点头。“我明白了，所以你想知道怎么包容埃利奥，对吗？”

“不，我想让他明白，其实我很喜欢他。不知道为什么，我感觉他很讨厌我。”

“你确定他很讨厌你吗？”老师和蔼地问我。

听到他的问题，我的眼泪已经在眼眶里打转了，但我不想哭出来，所以我用力忍住了。每当爸爸责骂我，而我却不想哭的时候，我就会把眼泪憋回去。现在所有的泪水都被我堵在了嗓子眼儿里，我感觉难受得要命。

勒萨勒先生递给我一块手帕。

“吕邦，你擅长画画，所以我建议你把刚才说的话画在纸上，送给埃利奥。你可以把画放在他的床上或者从门缝里塞进去，然后在门外等着。”

我的喉咙不再堵得慌了，我甚至想拥抱一下老师。但我忍住了。

“谢谢您，勒萨勒先生。”

“不用谢，我的小吕邦。”

米安加里

他已经不再是我认识的那个埃利奥了。他把自己封闭了起来，沉默不语。一切都回到了三个月前，他又不说话了。

这让我很生气。

当然，我不是生他的气，而是气这人生短暂却无常。我总是把埃利奥想象成我那远在马达加斯加的弟弟，因为他们俩年纪相仿。

不过我们不会这样对我弟弟的。因为把孩子留在陌生家庭是一件非常可耻的事情！在我们家，这是绝对不可能的，我们会齐心协力地照顾家里的每一个孩子。

可怜的埃利奥，他的父母不在身边吗？

我和他都叹了口气。我又皱了皱眉，向他表示同情，但他却把目光移开了。他认为我和那些送他来丹维尔家的人是一样的。

“埃利奥，你还记得我们的长期目标吗？一步一个脚印，从几个单词再到几个句子，然后你就会重新说话了。”

他耸了耸肩。这可不是个好兆头。

我开了个头："我讨厌这个地方。到你了。"

"……"

"米安加里真是个磨人精，我想让她走。不，不是磨人，是烦人。"

这一次，他的嘴角有了一丝笑意，但他的下巴依然紧绷着。

"我脚上穿着两只不一样的袜子，真烦人。"

他看了看自己的脚，大笑起来。

"但这是我……自己……蹿上的。"他含混不清地说道。

"我自己穿的。到你了。"

"我自己……"

"穿……"我鼓励道。

"我自己……穿的。"

"太棒了，埃利奥！"

米拉

太棒了！今天早上数学老师没来！两个小时的课取消了。我本可以待在自习室或者资料室准备历史测验，但我有更重要的事要做……

非常重要的事！

“米拉！你为什么回家啊？”洛洛气冲冲地问道。

“我以后再跟你解释！”

我急忙朝校门口走去，手里拿着《家长联系手册》，好证明自己是在校生。

走到家门口的时候，我注意到一辆红色小汽车停在过道上。我把钥匙插进门锁，然后慢慢地转动，门开了。我一个人都没看到，但是楼上有声音，看来是比安卡正在干活儿。

埃利奥在哪里？在他的房间里吗？

的确，被困在四面都是墙的房间里，他应该不会好受。不过，虽然我这么说……但事实上，困住他的不只是墙！他好像被自己的内心困住了。

我蹑手蹑脚地走到他的房间门口，听到里面有声音，而且还是一个女人的声音。

然后是一阵笑声！笑声不是那个女人的，而是一个少年的。是埃利奥吗？是他在笑吗？

比安卡突然走到我身后，我吓得跳了起来。

“米拉？”

“哦，比安卡，你快把我吓死了！”

“我没听见你回来。”

“你当然没听见了，我回来的时候你正在楼上用吸尘器打扫卫生。”

她点了点头，但她的眼神像是在审讯我，我有点招架不住。好吧，看来我得重新对她展开调查！

“你是想回来陪陪埃利奥吗？你真体贴。”

我觉得她在讽刺我。我正要否认时，房间的门开了，出来一位面带微笑的女士。我刚看到她身后的埃利奥，门就被他砰的一声关上了。

“请您告诉丹维尔先生，治疗进行得很顺利。另外我还想和夫人谈谈。请她有空的时候给我打电话吧……”她补充道。

“好的，女士。我去看看埃利奥有什么需要。”说着比安卡就走进了房间。

这位女士向我伸手，仿佛她刚刚才注意到我的存在。

“我是米安加里，埃利奥的言语治疗师！”

“我是米拉……”

“米拉！这名字真好听！你知道它在希伯来语中是什么意思吗？”

我摇摇头，直愣愣地说：“不知道，我不会说希伯来语！”

我讽刺的语气似乎并没有让她觉得尴尬，她继续说道：“我也不会说，但我曾经有一个病人，她也叫米拉。她告诉我，在希伯来语中，米拉的意思是‘话语’。我深受触动，因为她来找我治疗，就是为了和话语重新建立联系！”

我虽然耸了耸肩，但是也不由得受到了触动。

米拉——话语，这个名字很适合我，毕竟我伶牙俐齿。

“很高兴认识你，亲爱的米拉。我能和你聊一会儿吗？”

我点了点头。

“听我说，我知道你们姐弟俩不好受，因为你们突然面临着……”

她没把话说完，可能是因为无法描述我和吕邦所面临的情况。我想小声对她说“要我说，我们面临的是麻烦，或者说是个麻烦精”，但我觉得她不会喜欢这个说法的。

“你爸爸跟我说过你们的反应，尤其是你的反应。我能理解，但埃利奥需要……”

“我知道！爸爸已经告诉我了！但这不是我的问题。从来没有人问过我的意见，或者向我解释过什么。我想做出努力，但爸爸妈妈也应该做出努力。而且，埃利奥也应该更洒脱些！您也看到了，他刚才竟然当着我们的面摔门。他以为自己是谁？无论如何，他都应该对我们心存感激，因为……”

从她颤抖的鼻翼中，我能看出她有多么不喜欢我的回答，但我不在乎。

“你知道什么是同理心吗，米拉？”她一边说一边朝门口走去。

“呃……与同情心有关吗？”

“同理心是一种能够设身处地地感受他人情绪的能力。”

说完她就走了。她穿着紧身牛仔裤，走起路来一摇一摆，大耳环晃来晃去。她挥了挥小麦色的手臂，勉强算是在和我说再见。

设身处地地感受埃利奥的情绪？不可能！我最不会的就是感受他的情绪！

比安卡

我以为痛苦最终会消退。或者说，只要我将它埋得足够深，我就不会再感到痛苦……然而如今，它再次降临到我身上，那从未愈合的伤口再次溃烂了。我早该知道的，失去自己的亲骨肉，这种伤痛是无法痊愈的。

事情已经过去三十五年了。早在十五年前，我便放弃了和痛苦继续作斗争，于是我远离家乡，来到了遥远的大洋彼岸。但是这样也没有让我停止流泪，更没有消除我的忧愁。

为什么埃利奥的到来会让我想起这一切呢？

大概是因为年龄吧。我的孩子就是这么大的时候离开的。

后来，我再没有过自己的孩子，但我一生都在照看雇主家的孩子。我对很多孩子都有了感情，吕邦和米拉将是最后两个。

吕邦就像关心自己那样关心埃利奥，然而米拉却不是这样。她关心埃利奥的方式让我有些担心。但是，我敢肯定，埃利奥对她的影响比她自己以为的要大得多。不然我就不会在下楼去看埃利奥的时候，发现她把耳朵贴在人家的房门上偷听。

我希望埃利奥能放松些，不要那么紧张。我将尽我所能，给这个小家伙一些安慰和温暖。

埃利奥 / 泡泡

从我喉咙里发出的声音，我不认识。这是谁埋下的声音，让我痛苦的声音，使我窒息的声音。

——芭芭拉，《曾有一架黑色的钢琴》

我是在做梦吗？米拉竟然躲在门后偷听我言语治疗的过程。她可真是多管闲事，她以为自己是谁？

好在她被“大眼儿”抓个正着，又被米安加里打发走了。

更洒脱些？

这句话让我心烦意乱，所以我赶紧把它抛到脑后，不再去想。我不想对他们“洒脱”，也许……“大眼儿”除外。她好像想和我说话，却又不敢。肯定是因为我一直低着头，所以她才不敢靠近。

米安加里理解我的感受，但也只有她能理解我。她不害怕我，也不害怕我跟她说的那些奇奇怪怪的句子。

如果妈妈在我身边，她应该也知道怎样把混作一团的音节按顺序重新组合起来。她不会嘲笑我笨拙的努力，也不会因为我丢失记忆而不耐烦，她会设计很多益智小游戏，因为她总有秘诀来帮助我更快地进步。

我有时会怪她把我独自抛下。

我的妈妈就是我的太阳。她是一名天体物理学家，有一半时间都在研究星系，所以她每天晚上都会和我说一些神奇的事情。

“你知道 C/2017 O1 彗星吗？没人知道它来自哪里，但它正在向我们的太阳系靠近。10 月 18 日是它离地球最近的日子，那时，它距离我们只有 1.08 亿千米！你相信吗？”

只需要眨眨眼，我和妈妈就能明白彼此的意思。她从来不需要发火，只要她用那双水绿色的眼睛给我递个眼色，我就会立刻去整理房间或是打开数学课本。

在我的笔记本上，我把她和最漂亮的花——白鹭花放在一起。当然，我也犹豫了很久要不要用玫瑰花，不过我要把玫瑰花留给我喜欢的女孩，如果我有喜欢的女孩的话。没准儿我已经有喜欢的人了，只是我在感情方面比较慢热而已。不过都不重要了，因为这次意外改变

了一切，我不再是以前的埃利奥了。

总之，我应该选择另一种花，因为白鹭花这个名字仿佛预示着妈妈会离开我。

妈妈像白鹭一样飞走了，飞去了她未曾探索过的宇宙。星云吞噬了她的记忆，她挣扎着，可还是忘记了我。

如果我的笔记本在手边的话，我会把她的照片挪到冰莲旁边。这种花在淋雨之后会变透明，因此它也被称为骷髅花。我认为它非常适合我妈妈，因为自从那场灾难之后，她就失去了生机。

我试着大声喊出来："妈妈，你……在……吗？妈妈，你在……计划？"

不，这个词不对。我很生气。

房间里很暗，我擦拭着眼泪，越发想念妈妈的“晚安”和她的睡前惯例。

“你写好三件开心的事了吗？”

“写好了，妈妈。”

“我可以看其中一件吗？”

“不可以，妈妈！只有我才能看！”

“拜托……”

“三件开心的事”不知道是我妈妈在什么地方读到的，她很喜欢这个形式。她总是在想自己是不是一个好妈妈，虽然她从来都没有问过我，但我感觉到了。她之所以这么想，是因为她扮演了双重角色，既做了母亲该做的，又承担了我那不知所终的父亲该承担的责任。

她坚持这个惯例，而我又不想惹她生气，所以就只好举手投降——好吧，我尽力配合。她认为睡前想三件开心的事情有助于更快入睡，因为大脑会分泌一种快乐激素——内啡肽。好像有些道理，可我不确定她是否真的相信这个说法，毕竟我们俩都有些演戏的成分。

“行吧。就看一件，好吗？”

“好的，一言为定。”

“失败不是终点，重要的是站起来继续前进。”

“太棒了，埃利奥。我很喜欢这句话，你可以举个具体的例子吗？”

“我们之前已经连续五次输给了圣康坦队，但昨天我们以 19 比 17 第一次赢了他们。”

“这个例子真不错。晚安，宝贝。”

“晚安，妈妈。”

想到这儿，我已经泪流满面。突然，我听到了一阵沙沙声，随后，一张对折过的纸出现在门下。

我没有耐心等到明天早上，于是费力地起身去捡起那张纸，上面写着吕邦的名字。

纸的一侧画着装扮成“小王子”的他，而另一侧画着一只悲伤的狐狸。

“小王子”问它：“嘿，埃利奥，你愿意做我的朋友吗？”

吕邦

我知道埃利奥去门下拿我的画，因为我听到了他起身撞到轮椅的声音。他甚至还小声地说了我平时不能说的脏话。

我一动不动，眯着眼睛静静地听着。我的朋友埃克托尔跟我说这个办法很有用。如果仔细去听，就能听到细小的声音。

埃克托尔说得对，因为很快我就听到埃利奥在抽鼻子，然后把头埋在枕头里哭。我之所以能听得出这种声音，是因为我也经常在床上哭。是的，我就是经常哭，所以米拉、保罗、埃德加和其他同学都笑话我。他们喊我小宝宝、小鹿斑比或娘娘腔，我甚至都不明白那是什么意思。

听到这些，我心里很难过，也哭了。

也许他恨我们？又或者米拉让他伤心了？还是他想妈妈了？

我试着冷静下来，按照“吸气—憋四秒—呼气”的方法呼吸——这是有一次我喘不上气的时候，比安卡教我的方法，但现在却不管用了。

突然有个湿鼻子蹭到了我的胳膊，原来是麦哲伦。它本来在厨房的窝里睡觉，但我好像把它弄醒了。它不喜欢看到我这个样子，所以它开始哼哼唧唧，好像在说："别这样，吕邦，别伤心！有我在呢！"

"嘘，麦哲伦，安静！埃利奥会……"

太迟了！

门开了，埃利奥用奇怪的眼神看着我。我不知道他是生气、难过还是吃惊。他握紧拳头，然后又松开，他想开口说话，但是一个字也没说出来。难道他真的像米拉说的那样是个没有理解能力的傻子吗？因为他不会说话，所以也没有阅读能力吗？难道他看不懂我的画吗？

我擦擦眼睛，小声说道："抱歉，我不是有意在门后偷听。对不起，我再也不这样了。晚安，真的很抱歉。"

我逃也似的跑回了自己的房间，麦哲伦蹦蹦跳跳地跟在我身后。

米拉

在埃利奥来家里之前，每天吃完晚饭后，爸爸妈妈会在客厅里看一会儿电视，我和吕邦会回各自的房间——我和朋友们聊天，吕邦则画画或玩他的“摩比世界”玩具。

那么埃利奥又会做些什么呢？他会像小宝宝那样八点半就上床睡觉吗？还是会和我爸爸妈妈一起看电视呢？我不知道。不过，那和我有什么关系呢？

晚饭期间，每当我想偷偷看他的时候，我们的目光都会撞上，我会马上转过头去，但是吕邦却想尽办法和他对视。

妈妈表现得好像什么都没有发生！

而爸爸总是做些无用功——试图和他交流。

“你的言语治疗师米安加里跟我说，你们今天进展得不错，你正在慢慢进步。”

埃利奥看着他，轻轻地点了点头。

随后爸爸又说道：“你妈妈会为你感到骄傲的。”

我亲爱的老爸呀！你怎么哪壶不开提哪壶！埃利奥皱着眉头不高兴地咕哝着。这显然是一个敏感的话题……不过，他的妈妈到底在哪里，叫什么名字呢？

因为他总是闷在房间里，所以我很难有机会去翻他的东西。虽然我觉得也找不到什么有价值的线索，但是……

我可以去爸爸的书房找找看！之前怎么没想到呢？

我只需要回到自己的房间，等所有人都睡下。在那之前，我决定先和洛洛聊会儿天。

我：

他真是个讨厌鬼！

多洛雷丝：

可怜的宝贝！我理解你的处境！

我：

他应该没我之前想的那么笨。我还听见他和言语治疗师的笑声了。

多洛雷丝：

说说他的身体怎么样了？

我：

就那样吧，像一棵营养不良的莴苣，但仔细看的话，他又高又瘦，目光能……杀死人！

多洛雷丝：
哈哈哈，那你得小心他！

我：
别担心。他的房间在一楼，靠他的腿脚要想爬到我的房间，那得等到猴年马月了！

多洛雷丝：
哈哈哈，晚安，米拉。

我：
我还不能睡，我得去爸爸的书房转一圈。拜拜，明天见。

我让卧室门虚掩着。十点左右，妈妈上楼睡觉了。半个小时后，爸爸也回房间了。他们卧室的灯还要再亮一会儿。比安卡的房间在三楼，所以她听不到我的动静。

十一点一刻了。我从房间出来，走到楼下。爸爸的书房在一楼，靠近玄关的地方。我溜进去，关上门，打开灯。

我直接拿起他的大记事本，里面记录着所有东西。虽然他的秘书用电子记事本记录他的日程，但好在爸爸不是电脑迷，他还是会把所有内容写在他的记事本上。此外，他的记事本里还夹着各类文章和书信。不到五分钟，我就找到了抬头为三椴树康复中心的信件。来信是向爸爸确认，按照他们之前的约定，爸爸同意担任埃利奥·埃内贝勒的法定监护人，并照顾他直到波利娜·埃内贝勒夫人康复为止。

爸爸竟然是埃利奥的法定监护人？这是什么意思？

好吧，我已经有点进展了。至少我现在知道他姓什么了。

我继续翻。然后发现了……埃利奥的出生证明。太棒了！

埃利奥·埃内贝勒于2009年7月28日出生在伊夫里，父亲……不详！

糟糕！我听到楼梯上有声音。我赶紧把东西放回原位，但是合上记事本的时候，一张杂志内页滑落出来，掉在了桌子底下。我弯腰去捡的时候，门开了。

我听见了吕邦的声音，他问我："米拉，是你吗？你趴在爸爸的书桌底下干什么呢？"

埃利奥 / 泡泡

你无法要求事事都如你所愿，只有坦然接受它们的到来，你的生活才能幸福。

——爱比克泰德

简直不可思议！现在连吕邦这个小弟弟都开始监视我了，太荒唐了。

但是我不怪他，因为他的画让我心烦意乱。难道我看起来和那只孤独的狐狸一样迷茫吗？

吕邦的眼里满是泪水，看起来真可怜。我想他应该是被我吓到了，因此我有些不安。

在浴室里，七个月以来，我第一次下定决心面对镜子里的自己。之前，我一直不愿意看到自己现在的模样，但是今晚，我必须看个清楚。

我羞怯地打量着面前这位褐色皮肤的男孩，检查清单如下：

· **头发**：短发，因为没有梳理过，所以有些蓬乱。

· **眼神**：淡紫色的黑眼圈和红色的眼睛，这是怎么回事？我是刚从棺材里爬出来的吸血鬼吗？

· **身体**：百分之八十的肌肉量消失了。身体白得就像喜马拉雅山上的雪怪，或是一杯酸奶。

· **四肢**：细小的右臂耷拉着，和美国大兵的手臂一样伤痕累累。左臂还凑合。双腿骨瘦如柴，左腿还有些变形。

长得确实不行。难怪米拉和吕邦总是不停地打量我，仿佛我是一个会带来不幸的外星人。主要是吕邦看我，因为米拉总是转过头去不看我。

之前我无法下床的时候，一直经受着骨折所带来的疼痛，我感觉身体仿佛进入了一个巨大的甩干机中，脑海里反复出现从山上坠落的画面。有段时间我甚至想，还不如就待在那块石头上。后来，心理医生慢慢帮助我摆脱了那些病态的想法。

“活在当下，埃利奥，学会朝前看。相信我，纠结意外的原因没有任何意义，只会让你对生活感到愤怒，你明白我的意思吗？”

“受……够了。”

“是的，我知道，但是如果你一直停留在过去，你会错过生活给你的第二次机会，毕竟你还活着。”

“太……难了。”

“这倒是真的。但是我们现在不仅要让你的身体康复，还要让你的大脑康复，所以我们要保持这种活力，这样你才能更快地康复。可以吗？”

那天我没有回应桑德拉，因为我还在生自己的气。但是，热情的米安加里，平静却带给我力量的帕特里克，以及时常来三椴树康复中心看望我的阿妮萨和雨果，是他们让我的状态逐渐开始好转。

直到那天，我突然被告知要前往丹维尔家，那种感觉就像有人再次把我的头按进了水里。

我想念我的朋友们，但我不能邀请他们到我的寄养家庭做客，这种事是不会发生的。可是，给他们发信息或快照又很麻烦，因为我难以控制自己的手指准确地敲击按键，所以需要花相当长的时间。

我觉得自己就像一个迷失在太平洋中的遇险者，与陆地失去了联系。

我一边想着，一边费力地朝我的床走去。这时，被子上吕邦的那幅画吸引了我的目光。在我的荒岛上，我可以不再像现在这样孤独吗？

吕邦

勒萨勒先生说错了，埃利奥根本看不上我的画，他恐怕早就把画扔进了垃圾桶。

我躲到被子里又哭了一会儿。

我经常哭，而且从今年开始，我哭得更多了。我不太敢把这个秘密告诉爸爸妈妈，也不敢告诉比安卡，我怕她会说给他们听。

现在更不是说这事的时候了，因为前几天我听见爸爸妈妈大吵了一架。妈妈虽然总说要修习禅学，保持内心平和，但一遇到事情就大喊大叫。

“米拉，别嚷嚷了，你这样会给家里带来负能量。”

“吕邦，把你的鞋子收起来，杂乱无章会打破客厅内部的平衡。”

是，你说的都对！爸爸妈妈的房间里没有负能量，只有狂风暴雨！这就是大人，他们总是要求我们做一些连他们自己也做不到的事。

“不是，斯特凡，你知道你在说什么吗？我没得选！

这种骗人的把戏，我们到底要演到什么时候？我真的不知道该怎么和他相处！”

我敢肯定妈妈说的是埃利奥。她不喜欢埃利奥住在家里，这一点让我有些难过。

麦哲伦依偎在我身旁，使劲地舔我的脸，然后我就靠着它睡着了。虽然它闻起来臭臭的，但是我不在乎。

晚上十一点左右，麦哲伦的叫声把我吵醒了，它好像在说：“帮帮忙，我想撒尿！”可恶，今晚我睡得很香，但又不得不起床。

“走吧！”

我们悄悄地下楼，然后我把大门稍微打开一点，好让麦哲伦去花园里遛一圈。

突然，我发现有亮光从爸爸书房的门缝下透出来。奇怪，难道他这个时候还在工作吗？

我走近书房，小心翼翼地转动门把手。

一开始我什么也没看见，但是紧接着，我瞧见有个穿着睡衣的人正在捡地毯上的文件。

我大喊道：“米拉，是你吗？你趴在爸爸的书桌底下干什么呢？”

姐姐噌的一下站了起来，她脸颊通红，眼中充满了愤怒。

“嘘——！闭嘴！”

“我可提醒你，你的声音比我的还大。你在找什么呢？”

“一份学校的重要资料，爸爸忘记签字了。”

“我不信。一直以来都是妈妈负责我们所有的资料。”

我靠近米拉，想要看看她藏在背后的东西。

“别烦我。”她小声说道。

“那就告诉我你为什么要翻爸爸的东西，还有你为什么看起来很不高兴！”

米拉气冲冲地靠着书柜坐到了地上。

“我不太确定，”她犹犹豫豫地说道，“但我觉得爸爸可能是埃利奥的监护人，因为他爸爸妈妈现在没办法照顾他。我想他妈妈应该是病了或者出了什么事吧。”

“那他爸爸呢？”

“我不知道他爸爸是谁。”

突然间，一个疯狂的念头从我的脑海里闪过。

“米拉！我们一起去找他爸爸怎么样？你想，如果我们找到了，埃利奥应该会非常高兴，这样他就可以回到自己家，也就不会那么可怜了。”

虽然姐姐耸了耸肩，仿佛我刚刚说了一句比我自己还要蠢的话，但我觉得她在考虑我的提议。平常她才是鬼点子最多的人。

“小鬼头，你知道怎么做吗？”

“当然知道，我们可以在电视或报纸上刊登寻人启事。”

“什么乱七八糟的。可怜的埃利奥，他爸爸甚至可能都不知道他的存在。我这么说可不是因为我同情他，而是因为他看起来就像一个反应迟钝的老物件，他应该对找爸爸的事不感兴趣。算了吧，反正你还太小，不会懂的。而且谁跟你说埃利奥想要先找到他爸爸呢？”

“但是……就像司徒迈的歌里唱的那样，每个人都想知道自己的爸爸在哪儿啊！”

这一次，米拉没有嘲笑我，反而揉了揉我的头发：“你太天真了，吕邦。大人们的事情有时候很复杂，甚至难以理解……”

我小声地说：“好吧。其实我还挺喜欢埃利奥的，哪怕他有些奇怪。而且我不希望他现在就离开我们家。”

比安卡

“这么晚了，你们在这里做什么呢？”

看到他们脸上的表情，我知道他们被我吓坏了。

“没做什么！是麦哲伦想撒尿！”吕邦回答。

“我陪着吕邦带麦哲伦出来撒尿！”米拉理直气壮地胡说道。

我的确听到了麦哲伦挠门的声音，所以，我不得不承认，是我想错了，他们没有撒谎！

“你呢，比安卡，你来这儿做什么？”米拉问道。

“我只是下来看看埃利奥，大家都回房睡了，楼下就只剩他一个人了，一想到这儿，我就有点担心。”

两个孩子互相使了个眼色，我不理解，那是同情的眼神吗？是的，从吕邦的眼神里确实能看出同情。至于米拉……我不确定。

“哦对，可怜的埃利奥，应该把这事告诉妈妈！”吕邦马上自责地说道。

“应该告诉爸爸。”米拉不自然地撇了撇嘴纠正道，

“但我听到他和妈妈说想装一个类似婴儿监听器的东西……”

“不错。”我赞同道，“好啦，让麦哲伦进去吧，孩子们，你们也快点回去睡觉！太晚了。我去看看埃利奥，然后也上楼了。”

没想到，他们两个都很听话，没有要求多待一会儿。我打开了客厅的灯，走近埃利奥的房间。四周一片安静。

为了让自己安心，我轻轻推开了埃利奥的房门。

他呼吸均匀，看来睡得很安稳，但是他的被子滑到了床脚。于是，我把被子捡起来给他盖上了。

然后我又看了他一会儿，我的心紧紧地揪在了一起。

灯光从客厅的方向透进来，我看着他平静的面容。他的肤色偏琥珀色，睫毛又黑又长……

有两句话，就像哀婉的回旋曲，一次又一次地回荡在我的脑海中：“我的小宝贝，你在哪里？你还好吗？”

米拉

呼，我吓出了一身汗！

但我觉得比安卡信了我的话。

我从睡衣里掏出没来得及放回去的那页杂志——就是从爸爸的记事本里掉出来的那一页。

哇！是一篇西班牙语文章！真不巧，我的第二外语是德语！我看了一眼上面的照片，是一群举着牌子的妇女……天哪！我在人群中认出了比安卡！

是的，尽管照片上的她比现在年轻得多，但我确定那就是她。但是这事和我爸爸的生意有什么关系呢？

文章标题是：五月广场的母亲和祖母们。

比安卡举着的横幅上写着：失踪儿童。文字下面有数百张儿童的照片。

我马上给多洛雷丝发了一条短信。

我：

你睡了吗？

我一边等回复，一边继续尝试破译照片旁的文字说明。但多洛雷丝没回消息。

于是，我给她打了电话。

电话响了五声。就在转入语音信箱之前，多洛雷丝终于迷迷糊糊地接了电话："喂？是你吗，米拉？有什么事吗？"

"洛洛，你西班牙语说得不错，对吧？"

"……"

"喂？洛洛，你能听到我说话吗？"

"凌晨一点半，我哪种语言都说不好。有什么事明天再说吧！"

"别呀，洛洛，你可真讨厌。十万火急啊！"

"米拉……你才讨厌呢！你想干什么？"

"我给你发一篇文章的照片。我需要你帮我翻译出来。"

"发过来吧，我明天翻译，好吗？"

"你可以马上翻译出来吗？"

"米拉！"

"好吧，好吧，你明天再看吧。"

过了一会儿，我的手机震动了——是多洛雷丝打给我的。

“嘿，这真是个疯狂的故事！”她完全清醒了，在电话那头喊道。

埃利奥 / 泡泡

两种人格的相遇就像两种化学物质的接触。一丁点儿反应就会带来双方的转化。

——卡尔·古斯塔夫·荣格

从很小的时候开始，我就总是难以入睡，哪怕是眯一会儿也不行。就算我好不容易睡着了，再小的声音也能把我惊醒。

入睡前，我的脑袋就像一个高速旋转的大万花筒，里面充满了各种杂念，让我无法投入梦神的怀抱。

好像在我还是个婴儿的时候就已经这样了：妈妈至少要花上一两个小时才能把我哄睡。但这并不会碍她的事，因为她会趁这个时候在我的婴儿床旁边听讲座或听音乐。

“你那时候睁着大眼睛，好像能听懂斯蒂芬·霍金或于贝尔·雷弗的演讲似的。”

“我可能是被他们的声音哄睡了，但也有可能是因为听了《加布里埃尔的双簧管》这首曲子。”

“是的！我们一起听了多少次那首曲子？”

“大概有一千次？”

“至少有一千次。”

在这个陌生的房间，我独自面对着自己的回忆，半梦半醒，就像海豚只有一半的大脑处于睡眠状态，以免溺水。

当我沉浸在这种半意识状态中时，房间的门开了，我立刻警觉起来。谁进来了？米拉？吕邦？

不是他们，这个人的步子比较重：不像米拉的那样轻快，也不像吕邦的那样跳跃。我已经熟悉这里每个人的脚步声了。

“大眼儿”俯身看着我，我尽量平稳地呼吸，同时脑海中冒出了很多问题。她想要做什么？

她帮我盖上了被子，我听到她小声地说着什么。那些话让我发抖，但我可不会露馅。我努力地伪装，绝不会睁开眼睛。

和进来时一样，她轻手轻脚地离开了房间，我终于可以呼吸了。

“大眼儿”有时会很入神地看着我，这让我感觉很不自在。她的目光没有恶意，反而还透露着悲伤。我还是不了解真正的她，她似乎有一个秘密，这个秘密压在她的肩上，熄灭了她眼中的光芒。

通常，我能马上把人和植物联系到一起。但现在，我还没能想出“大眼儿”到底像哪种植物。此时，长着一双大眼睛的她就像一个无底洞。

是什么把她变成现在这样的？这和她之前用西班牙语说的话有关吗？她声音很小，所以我不太确定我听得对不对。

“我的小宝贝，你在哪里？你还好吗？”

米拉

洛洛说得对，这的确是一个疯狂的故事。

那篇文章大概的内容是：

“‘五月广场母亲’是一个由阿根廷的母亲们创办的协会，在军事独裁统治时期（1976—1983），她们的孩子不幸‘失踪’。协会的名称来自阿根廷首都的五月广场。她们经常聚集在广场上，控告政府对他们家人犯下的罪行。”

我立刻在手机上输入“五月广场母亲”，结果正好看到这样一段话：

“‘五月广场母亲’坚决要求政府公开她们孩子‘失踪’的真相。自第一次集会以来，该协会已经走过了四十个年头。1977 年 4 月开始集会时，总统府前只有十四位母亲。当时的军政府称她们为‘五月广场的疯女人’……”

为了方便理解，我进行了推理。因为比安卡来自阿根廷（之前我以为她来自西班牙），所以她应该是那些失去孩子的母亲之一……

想到这儿，我浑身发抖。

她的孩子当时还是婴儿吗？女孩还是男孩？她知道孩子后来怎么样了吗？是已经死了还是只是失踪了？她的丈夫呢？他也失踪了吗？

她到我们家已经有很长的时间了，可她却从没说起过这些事。

爸爸妈妈雇她的时候知道这些事吗？

我觉得他们不知道。爸爸经常去西班牙出差，他应该是在出差的时候偶然间看到了这篇文章。他可能认出了比安卡……那他和比安卡谈起过这件事吗？

可怜的比安卡！这一切太可怕了！我有时对她很无礼……不，是经常！

可怜的米拉……同理心，你知道吗？！

我必须多了解一些。当我准备输入比安卡的姓氏时，我发觉自己并不知道她姓什么。我真是太没用了！不过，爸爸妈妈应该知道，明天我去问他们。

我看了看时间，已经凌晨两点了！今天还有一门数学测验呢！我还有很多事情要调查：首先是比安卡，其次是埃利奥的家庭以及有关他的许多秘密……

比安卡

今天早上米拉是怎么了？她受什么刺激了？

平时她几乎不和我打招呼，甚至一句话也不说就去上学了。

我担心地问她：“米拉，你还好吗？”

“我挺好的，比安卡，你呢？”她回答道。

我有些不知所措。“挺好的，谢谢。”

吃早饭的时候，她没有坐在餐桌前玩手机等着我上菜，而是从冰箱里拿出一瓶牛奶，自己做了热巧克力。

“比安卡，你从来没有告诉过我你来自哪里！我是说来自哪个国家？”她开门见山地问我。

“你也从来没有问过我。”

吕邦笑呵呵地走过来了，他一直都这样。每天早上，他都会飞奔过来拥抱我，而我总会心头一紧。

“比安卡来自阿根廷，”吕邦说道，“和利昂内尔一样！”

“哪个利昂内尔？”

吕邦放声大笑。“利昂内尔·梅西！你怎么这么傻！”

“哦，好吧，矮冬瓜！生活中又不是只有足球。你怎么知道比安卡来自阿根廷？”

“因为我问她了，她也告诉我了，大蠢货！”吕邦又笑道。

米拉脸红了，我不知道她为什么突然对我感兴趣。她的确有些不一样了，因为一直到出门上学之前，她都很友好。

孩子们一出门，我就去照顾埃利奥了。我让他早上多睡一会儿。米安加里大约十点来，到那个时候，他已经醒了，也洗完澡穿好衣服了。

他……对我笑了！

米安加里

我把红色雪铁龙 C1 停到丹维尔家门前的过道上，然后按响了门铃。我下定决心要和丹维尔夫人好好聊聊。虽然我跟比安卡说了自己的提议，但丹维尔夫人却一直都没有给我打电话。

比安卡给我开了门，她总是这么友善又不失谨慎。

“您好，米安加里。”她礼貌地跟我打招呼。

“比安卡，我非常喜欢听您念我的名字！您的声音非常温暖，让我想起了自己的故乡！您想念您的故乡吗？这里的天气总是阴沉沉的。”

“不想念，我现在人在法国。”她平静地回答道。

她马上错开了眼神，但我还是看到她的眼中掠过了一丝阴云。她没说实话，但我不能怪她，因为我们完全不了解对方，她当然不会对我敞开心扉。

“埃利奥还好吗？他适应这里的生活吗？他能走路了吗？”我转移了话题，因为我很关心埃利奥。

他是我最喜欢的病人之一，我敢肯定他知道这一点。

“唉……不管对他来说还是对我们来说，这都太难了。”比安卡对我说，“我们没法交谈，所以也没法相互了解……”

“哦，其实这不难，您可以试一试！他是一个非常活泼、聪明的孩子，他为了走出困境，付出了很多努力。和他多聊聊吧，可能刚开始他不会回应您，因为他需要先建立对别人的信任。对他来说，失去表达能力不是件小事。”

“是的，我能感觉出来。”她附和道，“但我不敢主动和他说话，也不知道聊什么，我太不了解他了！他可能觉得我是一个没用的老太婆吧。”

“不会的！您可以试着发现他的兴趣点，也可以分享您自己的，我相信他会喜欢的。”

“您真这么觉得吗？”

“当然啦！”

我冲她笑了笑，表示鼓励。

“好了，我该进去了。一会儿见，比安卡。”

她好像想要说点什么，但立刻打住了。

“一会儿见。”她回答道，语气中带着一丝失望。

埃利奥静静地等着我。

“你……好……米……里。”

我没有指出他的错误：因为这是他第一次念我的名字！

“嗨，埃利奥！你今天状态好吗？”

“还好。”

我看到他的床头柜上摆着一幅画。

“哇，你已经有粉丝了吗？这只狐狸画得太棒了！”

“是……我。”

我笑着告诉他，我已经猜到了！

“对了，你和吕邦相处得……很好吗？”我终于看清楚了那些用心写在纸上的字，然后问他。

“我……不……知道。”

“你不想和他聊一聊吗？这个孩子看起来很可爱。你觉得呢？”

“没错。”

“你今天话很少啊！给我讲一些有趣的事情吧？”

埃利奥用力眯起双眼，一副全神贯注的样子，然后慢慢地说：

“我……的……小……宝……贝，你……在……哪……里？你……还……好……吗？”

阿妮萨

前台的女士告诉我，埃利奥已经离开三椴树康复中心了，而她无权把埃利奥的地址给我。

我真的很生气。

“太离谱了！他不可能就这样走了，既没有通知我们，也没有留下地址。我们是他的朋友啊！他只有我们了，您明白吗？”

我转身看向雨果，他看起来和我一样无助。

“我明白，小姐，可这是规定。如果您不是他的家人，我就无权告诉您他的联系方式。”

“我不是告诉过您他已经没有家人了吗？现在我们就是他的家人。”

“抱歉！”她重复道。

但我觉得她其实一点儿也不在乎。

当我们气呼呼地准备离开康复中心时，一位女士朝我们走过来，让我们跟她出去。

“你们好，我是索菲，是一名救护车司机。”她对我们说，“其实我不应该告诉你们这些，但是我非常担心那个孩子。在他的妈妈痊愈之前，他被托付给了一个寄养家庭，是我送他过去的。”

她从白色工装口袋里拿出一张便利贴，在上面草草地写下一个地址，然后递给了我们。

“哦，谢谢，谢谢您，女士！”我们激动地喊道。

“嘿，这地方在高档街区呢！”雨果喊道。

“我不知道。我完全不认识。这是在哪里？”

“正好在城市的另一头。”

“好吧，我们明天放学后过去。”我坚定地说道。一想到能再见到埃利奥，我心里就高兴得不得了……

我感觉喉咙发紧。曾经的埃利奥，冠军埃利奥，我的好朋友埃利奥，都已经不复存在了。

现在是另一个埃利奥。他需要我们，即便他觉得有些难为情。出事后，当我们好不容易去看望他时，我从他的眼睛里看到了一种喜悦又尴尬的情绪。别担心，埃利奥，我们不会丢下你不管的！虽然我们没法像以前那样异想天开、放肆笑闹，但是，不论现在还是将来，我们都会和你生死与共！

吕邦

课间休息的时候，保罗、埃德加和马克桑斯像往常一样逼近我，想偷吃我的点心。我私底下称他们为“三大危害”，因为他们仨就像是毒药、脓液和腐烂物。

我的身高才到他们的肩膀。虽然我几乎每晚都在喝汤，但还是追不上他们。喝汤能长高这件事，简直就是胡说八道。

总之，我不知道自己怎么了，但是我用尽全力向他们投去了最恶毒的目光——吕邦之激光眼。

“给我小心点儿，如果你们再来烦我，我的朋友埃利奥就会来揍你们。”

“哈哈哈！你的朋友埃利奥，”保罗模仿我的口吻说，“他又是谁？和你一样的小鹿斑比吗？”

“他是中学生，还会打手球，今天放学他会在校门口等你们。如果让他看到你们嘲笑我，可就有你们好受的了。”

“你真是个蠢货，吕邦！”

“你胡说八道什么呢！”

“我说的都是真的，你们等着瞧。”

“小矮子，你需要高年级学生来保护你吗？”

“你们仨欺负我一个人！”我控制住自己不让声音发抖。

“走吧，兄弟们，别理这个大废物。”埃德加冷笑道。

他们离开了。我今年第一次吃上了无敌美味的榛子蛋糕，那是比安卡早上的时候拿给我们的。

可是刚刚我说谎了，而且很快就会被他们发现。现在我该怎么办呢？

于利亚娜朝我走来。我的脸唰的一下变得和我的T恤一样红！

“太棒了，吕邦，你战胜了他们。他们对我也是这么恶毒，我已经受够了。勒萨勒先生是个好老师，他给我们讲有关包容的故事，但是他们仨根本不懂。”

“说得没错。”

“那么，真的有埃利奥这个人吗？还是你为了不让他们烦你想象出来的？”

“真的有，但是……”

“什么？”

“我也不知道自己为什么跟他们说埃利奥。他是残疾人。他几乎走不了路，也说不了话。”

于利亚娜用她那圆圆的眼睛看着我，突然大笑起来。

“你啊，真的是太厉害了！”

她又笑了，但却是善意的，并不是嘲笑我。

“我保证，我们会找到解决办法的。”

埃利奥 / 泡泡

两个内心敏感的人很快就可以相处融洽。

——保罗·德·柯克，《卑鄙小人：居斯塔夫》

我开始习惯和米拉、吕邦同桌吃饭。“大眼儿”很讲规矩：18 时 45 分准时供应晚餐。这个时间，米拉的爸爸妈妈经常不在家，所以很少和我们一起吃饭。

多亏了米安加里，我刚刚终于知道了“大眼儿”的真名：比安卡。这个名字很适合她，但我还是更喜欢她的代号。

看着她像服侍小王子一样伺候我们吃饭，我觉得很奇怪。在我家，我和妈妈会一起承担所有的家务活儿。

今晚，米拉没有说她的口头禅，比如说“比安卡，还缺一把刀”，而是自己起身去抽屉里找黄油刀，于是我忍不住看向她。通常情况下，我是不会理她的。

我们的眼神交会了片刻，她脸红了。虽然难以察觉，但我还是看到了。

不过，米拉不是那种会允许自己丢脸的女孩，她马上开始批评正在安静地吃着意大利面的弟弟。

“吕邦，别吧唧嘴，太恶心了。”

可怜的小家伙。好在他没有任何反应，我猜他应该没有听到米拉说的话。今晚，他有点儿心不在焉，就好像一颗围绕餐桌转动的卫星。他推开餐盘，问“大眼儿”自己可不可以上床休息。

“来，让我看看，吕邦。”比安卡马上回答道，然后把手放在他的额头上，“你头疼吗？”

“不疼。”

“肚子呢？”

他犹豫了一下。

“也不疼。”

“学校里有很多人都觉得肚子不舒服。”米拉回应道，“安塞尔姆还在厕所里吐了，吕邦可能也病了吧。”

感谢米拉说的这些话。我觉得吕邦是一个敏感脆弱的孩子。在我的笔记本里，我会把他放在敏感植物的那一页，比如轻轻一碰就合上叶子的含羞草。哪怕被多说一个字或者经受一次严厉的批评，他那蓝色的大眼睛里

立即就盛满了泪珠。而且，他总是在为所有的事道歉，今晚也不例外，他又道歉了。

“抱歉，比安卡，晚餐很好吃，但我已经饱了。”

“没关系，我的宝贝。”她用西班牙语亲切地对吕邦说。

随后，她有些尴尬，便立即改用法语说道：“没关系，快去洗漱吧，一会儿我去跟你说晚安，好吗？”

“好的。”

该死的失语症！我多么希望能和吕邦说说话啊！

我感觉很累，头晕晕的。我想回自己的房间，但是又不想在米拉面前磕磕巴巴地说一些让别人可怜我的话。于是我紧紧地盯着“大眼儿”，希望她能明白我那无声的请求。到底怎样才能不说话就离开餐桌呢？我不想让自己表现得很无礼！

“埃利奥，你也累了吗？”比安卡立刻问我，“来吧，我们走，慢慢坐回你的轮椅，很好。”

我松了一口气。比安卡把我送回房间，还帮我躺到床上。

我深吸了一口气。在米安加里的帮助下，我一直在重复这几个西班牙语单词，希望自己一整天都不会忘记。

“晚……安，比……安……卡。”

阿鲁藤，你看见了吗？我不仅会说西班牙语，而且还重新开始与人交流。你应该很难受，对吧？

比安卡

我一言不发，愣在那里。

我刚才没听错吧？

是的，我没听错，因为他正在用那双大眼睛亲切地看着我，嘴角还露出一丝浅浅的微笑。

哦，如果我再勇敢一些的话，我会把他拥入我的怀中！

看着他的笑容，我只回了一句："晚安，埃利奥。"

当我回到餐厅的时候，一切都恢复了原样，米拉居然收拾了餐桌，这太让我吃惊了。

今天到底是什么日子啊！

我在厨房碰到了米拉，她还在继续收拾。她对我笑了笑，仿佛什么也没有发生过。

"米拉，你想帮我，这很好，但是如果你做了我的工作，那我可就要失业了。"

听了我的玩笑话后，她笑了。我看到了米拉以前的模样，她从未改变，只不过她通过假装叛逆，给自己披上了一层坚硬的盔甲。

她坐在厨房的桌子旁，而我也刚收拾完。

她肯定有事想问我，而且刻不容缓。

“比安卡，我想问问你……我要做一个有关军事独裁统治的报告……”

我很惊讶，有些不知所措，于是回过头看向她。

她继续说：“我想你应该可以帮到我。”

我尽力掩饰内心的不安。“米拉，我能帮你什么忙呢？我可不是极权政体方面的专家。”

“可你来自阿根廷，不是吗？那里好像发生了一些可怕的事情吧？”

我放下抹布，坐了下来，感觉双腿发软。

“是的，我来自阿根廷，但是……米拉，那里不再是我的故乡了，我想尽办法去忘记它，你明白吗？”

她点了点头，但没有就此罢休。“你是因为军事独裁统治才离开的，对吗？”

“对。”

“那你不想跟我说说吗？”

“亲爱的，我不想……”

“为什么？”

“因为这件事让我很痛苦。”

她把手放在了我的手上，眼神里充满了同情。她到底怎么了？她的态度是因为埃利奥才发生转变的吗？难道面对埃利奥，就连一向被宠坏的她也做不到无动于衷吗？无论她以前说过什么，做过什么，都掩饰不了一颗善良的心。

“但是……也许有一天你会愿意告诉我这件事呢？我觉得说出来对你有好处。”她用温柔的语气轻轻地对我说。

我看着她，想把她紧紧地抱在怀里，就像我以前安慰难过的小米拉那样。只是现在，我觉得是她想要安慰我。

“你说得对，米拉。也许我应该试着说出来……会有这一天的！”

米拉

比安卡上楼去照顾吕邦了，不知道为什么，我又在楼下待了一会儿。好吧，实际上我知道原因。

是的，我发觉自己刚刚脸红了。埃利奥看我的眼神是……友好的？喜悦的？嘲笑的？我不确定，但是他的眼神里的确有一些东西。确切地说，有一丝温柔。

我只需要在谷歌上搜索波利娜·埃内贝勒，就可以了解到埃利奥以前生活在怎样的环境里。有一个举世闻名的天体物理学家母亲，应该很有趣吧。说得没错！我还找到了一篇文章，里面提到了这位杰出的科学家目前患有逆行性遗忘症。因为埃利奥的妈妈现在没有能力照顾他，所以才将他托付给了我们家。真不巧，可能他现在最需要的就是妈妈！但这还是没法解释为什么爸爸是埃利奥的监护人……

我躺在客厅的沙发上思考着。屋里漆黑一片。大门开了，我听见妈妈愤怒地对爸爸说：

“斯特凡，你明白什么是责任吗？照顾一个我们不认识甚至完全不了解的残疾孩子，肯定会打乱我们家的生活。还有，我们没有接受过培训，我们不知道该怎么做。在他面前，我觉得自己很差劲，一无是处！”

“我知道，玛丽安。但你想让我怎么做？把他拒之门外吗？他只有我……只有我们了……”

“我知道，斯特凡，我从来都没有因为这件事指责过你……”

“如果你愿意跟言语治疗师见面或许会更好，她肯定可以给我们一些建议。我已经和她通过电话了，她人很好。而且，她也很了解埃利奥。”

他们不知道我在客厅，于是继续在大门那儿谈话。

突然，我感觉自己要打喷嚏！不！！！好吧，我还是打了！

“米拉，是你吗？”妈妈开了灯问道。

“黑灯瞎火的，你一个人在那里干什么？”爸爸惊讶地问道。

“呃，没什么！我刚刚在思考。”

“这会儿，你在客厅里思考？”妈妈一边笑一边惊讶地问道。

“没有，吕邦感觉不舒服，所以比安卡去照顾他了。我在等她下楼，因为我想问她点事儿。你们刚刚去哪儿了？”我反问他们，借机转移话题。

“饭店。”爸爸回答道，而妈妈则上楼去看吕邦。

“爸爸？”

“怎么了，米拉？”

“你知道比安卡的事吗？”

“我知道什么？”

“‘五月广场母亲’的事？”

他惊讶地看着我。“你怎么知道这件事？是比安卡告诉你的吗？”

“哦，不是……她什么也不愿意告诉我。是……多洛雷丝，她给我看了杂志上的一篇文章。”

爸爸轻轻地点了点头。我不知道他是否相信我说的话，但不管怎么说，他没有让我继续解释。

“好吧。”他简单地说道，“其实我也并不了解这件事，我只知道她来自阿根廷，而且在法国待了二十多年。我也是偶然间在一本杂志上看到过她。但是当我跟她谈起这个话题的时候，她拜托我不要提起那件令她痛苦不堪的事。”

“是的，她也和我说了同样的话。”

“但我还是调查了一下她的事情，也查到了一些信息，终于知道她经历了什么。”

我期待着他能继续说下去。但他犹豫了一下，决定结束谈话。

“不，米拉，我觉得我没有权利透露比安卡的秘密。我希望有一天她准备好了，亲口告诉你这个秘密。不说了，我也要去看看吕邦。”他亲了亲我的额头说道。

他留我一个人待在客厅，我感到失望透顶。

我没有了解到任何有关比安卡的新情况，而且还错过了跟爸爸妈妈谈话的最佳时机！

今天，米拉探长非常不在状态！

吕邦

我对比安卡撒了谎：我确实感觉不舒服，而且肚子也特别疼，我每次想起“三大危害”的时候都会肚子疼。

刚刚在校门口，他们没有骚扰我，没有冷笑着走在我身后，也没有伸腿绊我，更没有拽我的书包让我跌倒。他们假装若无其事地环顾四周，但是我敢肯定他们在找埃利奥。如果我不那么害怕他们的话，他们的样子肯定会把我逗笑。

只不过这持续不了多久。再过两天，当他们意识到我在捉弄他们时，情况会更加糟糕。他们肯定会报复我的。

站在浴室的镜子前，我一边刷牙，一边看着自己胸部和手臂上的肌肉。我的肱二头肌太小了。

我鼓起左臂的肌肉，摆出一副恶狠狠的样子，咆哮道：“我不怕你们！”

可结果却只是喷了一镜子的牙膏沫，完全没法吓跑“三大危害”。

如果我假装生病呢？对，这是个好主意，这样我就有时间想出一套求生计划。当比安卡上楼跟我道晚安时，我就跟她说我肚子确实不舒服，她肯定会让我明天待在家里。

此时，我躺在床上，看见枕头上醒目地摆着一样东西：我的画。

埃利奥把画还给了我！他根本不在乎！可他是怎么进我房间的呢？他没法靠自己从轮椅上站起来，必须让比安卡帮他。难道他是一个卑鄙无耻的大骗子？

够了，够了，我泪流满面，拿起那幅画。看来，最终把画扔进垃圾桶的人是我自己！

当我拿起那幅画时，我愣住了，因为我看到从狐狸的嘴里冒出来两个小字：

“愿意。”

愿意？埃利奥愿意做我的朋友！

埃利奥 / 泡泡

朋友总是能知道你何时需要他。

——朱尔斯·勒纳尔

虽然我还没有准备好在他面前打开我的话匣子，也还没有准备好磕磕巴巴地和他倾吐我那些颠三倒四的话，但我知道他肯定会来的。

有时手势可以代替话语，但是我不想用那样的方式交流。不过，今早我和米安加里在一起的时候，手势却帮了我一个大忙。

我指着画和她说："该……吕……邦。"

"该？你想说什么，埃利奥？"

我一只手拿着画，另一只手指着那个房间。"该。"

"啊，你是想说'给'吗？"

"嗯。"

"你想让我把这幅画给吕邦，对吗？"

"对。"

“你为什么不亲自给他呢？”

我吓了一跳，既为她明白我的话而感到高兴，又为自己说得不好而生气，然而我还是坚持继续说下去。

“宁喜。”

“惊喜？你想给他个惊喜，对吗？”

“是的，惊……喜。”

“那我应该把它放在哪里呢？”

“床上。”

“好。请你说：你能帮我把画放到吕邦的床上吗？”

“你……能……”

“帮我。”

“你……能……帮……我……把……画……放……到……吕……邦……的……床……上……吗？”

我得意地补充道：“可……以……吗，米安……加里？”

“完美！太棒了，埃利奥！你继续在软件上练习，我去充当你的快递员……或者说充当你的间谍。我不太喜欢未经允许就进入别人的地盘，你知道吧？我这么做都是为了你。”

然而，当吕邦敲门时，我却吓得闭上了眼睛，努力平稳我的呼吸，想要装睡骗他。

我的沉默并没有让他气馁：他把门推开了一条缝，迈着紧凑的小碎步走进来，然后在我的床边停了下来。他动作轻缓，仿佛一株胆怯的含羞草。

我忍住了想要睁开眼睛的冲动。不行，我还没有准备好。

他轻声说道："你知道吗，埃利奥，看到你的回应，我很高兴。谢谢你。"

他稍微犹豫了一下，又走近了一些。

"米拉说，你不能说话是因为你受伤了，但你还能写字，太好了。哪怕你说错了话也不要紧，因为我也常常说错话。勒萨勒先生总说，最重要的是尽力而为。"

现在，他离我的床就只有两步。他走进了我的泡泡，想用手指戳破它。我的脑海中回放着《与狼共舞》中的一个片段，我大概已经仔细看过几十遍了，因为我太喜欢这一幕了：一只叫"双袜"的狼接近约翰·邓巴，在他身边徘徊着，走远后又回来。

吕邦很执着。他坐在我的床边，又开始自言自语。

“今天在学校的时候，我跟‘三大危害’说，你是超级强者，你会保护我的。我不知道自己为什么会和他们说起你，明明你都不能动。对不起，埃利奥。我希望你还愿意做我的朋友……”

他不说话了。我快要忍不住了，我想抱抱他，但我害怕自己胡言乱语，所以僵在了床上。

他继续说：“我不知道你是怎么把画放到我床上的，因为你走不了路，你明天告诉我答案，可以吗？或许，你真的是蒙面超级英雄，太棒了！”

可怜的吕邦，他终于说够了，叹了口气离开了。

比安卡

米拉突然对我感兴趣，这件事让我烦恼了一整个晚上。她想让我告诉她发生了什么。但是我说不出口……亲爱的米拉，我很感动，但我做不到。

最近这段时间，每天早上，我在打扫埃利奥房间的时候，都会和他说说话，聊聊家里的生活琐事。他听得很认真。

“吕邦今天装病了。他妈妈却没看出来，还问我能不能先在家里照顾他。如果今晚没有好转，她再去请医生。我很乐意照顾他，但是我知道他没有生病。这件事另有内情。他是个天真善良的好孩子，在学校里肯定会受欺负。他从来没有说过什么，也没有抱怨过。但我敢说他肯定是被人欺负了，这事儿应该是从今年开始的。”

埃利奥还是没什么反应，所以我没有再继续说下去。我很想和他聊聊！但前提是他对我说的事情感兴趣。我不想让他厌烦。

不过，我发现最近他的态度有了一些改变。

以往，他的眼睛总是盯着花园。而现在我跟他说话时，他会看着我，根据我的话露出开心或者失落的表情。

他的言语治疗师向我解释说，他对我们说的话不做反应，或是假装听不懂，是他与我们保持距离的方式。

然而，我想要做的就是接近他。

其实我不知道他是否需要我，但是我需要他。就像我每次激动时那样，我的耳边又响起了西班牙语：是的，虽然看起来很奇怪，但我需要你，埃利奥。

阿妮萨

今天早上，我和雨果十点钟有课。

八点的时候，我们就到了救护车司机给我们的地址。

这房子真漂亮！但我们没敢按门铃。我们就一直守在对面的人行道上。

最开始，有一位先生从里面出来，然后开车走了。

接着，又出来了一位穿着运动装的女士，看起来像是要去跑步。

紧跟其后，出来了一个跟我们年龄相仿的女孩。

我向雨果示意道："走！"

他跟上了我。或者说，我们跟上了那个女孩。她在打电话，并没有注意到我们。

我告诉自己要勇敢点。

"不好意思，打扰一下！"

她转过身来，有些惊讶，打量着我们。

"我想问一下，我们的朋友埃利奥他现在……是不是住在你家。"

“是的！你们是谁？”

“她已经告诉你了，我们是他同校的好朋友。”雨果回答道。

“我们想了解一些有关他的消息。他现在还好吗？”

“他很好……好吧，其实不是，他的情况很糟糕。”

“是的，但我们得相信，他会康复的……之前我们去康复中心看他的时候，他的理疗师就是这么和我们说的！”雨果解释说。

“他很乐观，不是吗？”我坚持道。

显然，那个女孩不知道该怎么回答。但随后，她的脸上露出了笑容。

“你们为什么不去看看他呢？”

我和雨果相视一笑。

“我们可以去看他吗？你的父母会同意吗？”

“我也不知道！我今晚问问他们，然后给你们打电话。你们可以给我留个电话号码吗？”

米拉

我和他们交换了电话号码。那个女孩叫阿妮萨，男孩叫雨果。我和他们说我要征询一下爸爸妈妈的意见。爸爸妈妈在埃利奥身上花了很多心思，尤其是妈妈，但是他们在面对埃利奥的时候，依然很不自在。

瞧，和他说话的机会来了。与其说是说话，不如说是告知，而我想试着和他交流。

那个叫阿妮萨的女孩漂亮，高挑，健美。她只是埃利奥的朋友而已吗？会不会是他喜欢的女孩呢？

的确，他没受伤以前一定长得很好看……其实，他现在也很好看。他的脸完好无损，不过有时候会突然扭曲，就好像被喉咙里的话卡住了似的。

多洛雷丝在学校门口等我。

“怎么样？快说说！”她问道。

“说什么？”

“一切！你有关于比安卡或是埃利奥的新线索吗？”

“比安卡那边几乎没什么进展，也没有新消息。我想让她谈谈，但她拒绝了，还说她受伤很深，已经和过去划清了界线，她想忘记一切。”

“这是人之常情！她所经历的一切太不寻常了……”

“我想她的遭遇应该和五月广场上其他母亲的遭遇相似，她们都丢了孩子。”

“可怜的比安卡！”

“至于埃利奥，我翻了爸爸的文件，发现他‘生父不详’。这件事还有待继续调查。但我找到了一些关于他母亲的信息。他母亲是一名天文……”

“她是一名宇航员吗？”洛洛打断了我。

“当然不是！她叫波利娜·埃内贝勒，是一位著名的天体物理学家。应该说以前是，因为她现在的情况也很糟糕……”

“什么？天哪！这家人可真倒霉！”

“是的，你说得没错……简直是重创。不过，我在来学校的路上碰到了他的两个朋友，他们想去看他。是一个女孩和一个男孩，那个女孩非常漂亮。”

“哦，你觉得她是埃利奥特别要好的朋友吗？”

“我不知道。也许是吧……”

铃声响了，在和洛洛走去教室的路上，我想起了阿妮萨，她以前就认识埃利奥。我想听她讲讲埃利奥，我需要了解更多关于埃利奥·埃内贝勒的情况，他是天体物理学家波利娜·埃内贝勒的儿子，父亲不详！

埃利奥 / 泡泡

是的，我在远方向他倾诉 / 我学着一个人生活 / 是的，我没有停止思念他 / 要是他也思念我该多好啊

——卡洛杰罗，《要是他也思念我该多好啊》

我知道吕邦遇到了麻烦。他口中说的“三大危害”是谁？是纠缠他的高年级学生吗？

我多希望自己能帮帮他啊！别担心，我的好兄弟，我会发动我的脑细胞，哪怕我整晚不睡觉，也会帮你想到办法的。

而他的父母，一直在忙工作，在这件事中又帮了他什么呢？

他爸爸斯特凡，试图笨手笨脚地关心我，但是他说的话都太让人尴尬了。比如说：“埃利奥，今天过得好吗？”“米安加里跟我说你又进步了，加油！”或者：“你走得越来越好，不是吗？”

而他的妻子玛丽安，脸上涂着粉底，笑得十分灿烂，却不太敢看我，她好像害怕我，仿佛我是一只会咬她的野兽。

如果“大眼儿”不在，会有谁来照顾我呢？

然而，就算吕邦的爸爸经常不在家，你也可以看出他爱他的孩子们。他会让吕邦骑在自己肩上，把吕邦送回房间，也会在米拉模仿数学老师的时候大笑不止，从这些事中我都能感觉到他对孩子们的爱。

至少，他已经尽他所能，不像我的爸爸，把我扫地出门，从他的生活中剔除。

我从来不知道我的爸爸是谁。在孩子们开始说“爸爸”和“妈妈”这两个词的时候，我只会说其中一个，我甚至不知道有“爸爸”这个词。

在我大约四岁的时候，有一天晚上我放学回家，问妈妈我的爸爸在哪里，她把我抱在怀里，我们就坐在客厅那张靠窗的扶手椅上。

“埃利奥，我和你的爸爸，我们彼此很相爱，正因为我们相爱，才有了你。但是，随着你在我肚子里慢慢地长大，你爸爸和别的女人去了另一个国家，那里离我们很远。你明白吗？”

“不太明白。”

“我当时也不明白。我也不知道他为什么要离开我们。”

“那个女人更漂亮吗？”

“可能吧，我不知道。”

“不可能。你是世界上最好的妈妈。”

那天晚上的解释对当时的我来说已经足够了。但随着时间流逝，我脑海中浮现出越来越多的问题，它们就像克什米尔凤仙花的种子一个接一个地炸开了。

我向妈妈要过照片，但是她没有。就像阿兰·苏雄在歌里唱的那样，她把爱情丢进了洗衣机，爱情难逃一劫：一切都消失了。

当我外公还在世的时候，我曾试着从他那里套出点消息，但是没成功。空白。巨大的白色沙漠。回忆的浮冰。我甚至不确定他是不是真的认识我爸爸，因为妈妈说，那只是学生时代的恋爱，只持续了一年半，她从没向我外公提起过。我也不认识我的外婆，她已经去世很

久了。当我还在妈妈肚子里的时候，她就去世了。也许她已经把这个秘密带走了。但无论如何，她已经不在了，无法给我提供任何线索。

在我上小学的时候，我非常怨恨我那个名存实亡的父亲，因为他让我妈妈受了很多苦。后来，在成长的过程中，我逐渐将他理想化。从去年开始，我就一直幻想他生活在世界的某个地方。妈妈说，他可能去了西班牙或者某个拉美国家。在我的笔记本上，我用墨水把他的脸涂成了黑色，还在头顶画了一个巨大的问号，我把他和拉帕努伊棕榈树放在一起，这种树自 17 世纪以来就从复活节岛上消失了。

出事的那天，我和妈妈走在陡峭的山路上，说的就是这件事。我很生气，因为她想把父亲从我的生活中剔除，而我求她告诉我他的名字。她马上就要松口了，但命运另有安排，它把我推向了双重沉默——失语症和黑洞，我父亲的身份被黑洞吸走了，我可能永远都不会知道了。

米拉

有太多的问题在我的脑海里不断闪现，以至于我一整天都无法集中精力认真听课。

物理课上，多洛雷丝突然用手肘推了我一下。我以为是老师提问我了，赶忙慌张地坐直了身子。

但是开口发问的人却是洛洛：“你刚刚跟我说的那个航天员，她叫什么？”

“天体物理学家，不是航天员……波利娜·埃内贝勒。”

“波利娜·埃内贝勒，就是她！”她指着物理书上被框起来的内容，兴奋地说道。

我打开自己的书，翻到同一页，惊讶地发现埃利奥的妈妈确实写了一篇关于系外行星的文章，而这篇文章竟然出现在我的教科书里。我简直不敢相信。

“哇！”洛洛忍不住大喊，“太不可思议了！”

我的思绪又飘回到了埃利奥的身上。他的母亲如此杰出，父亲身份不详，而他自己又被困在……哪里呢？

一个泡泡里，与世隔绝。然后他又突然被送到了一个完全陌生的家庭里。陌生？真的陌生吗？

“如果我爸爸是他的监护人，那么他们应该互相认识，对吧？”课间休息时，我问洛洛。

“是的，很有可能认识！”

“难道他对我们说谎了？”

“可能只是没有把所有的事情都告诉你们。这和说谎可不是一回事儿。”

“也许吧……但他应该告诉我们。”

“那个埃利奥，他一个字都不会说吗？”

“是的。我从来都没听过他的声音，不过，前几天他和言语治疗师在一起的时候，我听到了他们的笑声，我敢说，他什么都明白。而且，吃饭的时候，他听见了吕邦说的每一句废话。”

“对了，如果他不会说话，那他会写字吗？”

我目瞪口呆地看着洛洛。我怎么没有想到呢？

但是思考了片刻，我就推翻了这个想法。

“如果他会写字的话，应该会向我们要纸和笔。因为，这样不论对他还是对我们来说，可能都会更加方便。只不过……”

“只不过什么？”

“他的右臂现在动不了了。”

“哦！他用右手写字吗？”

“我想是的……所以对他来说，写字其实也很难。”

“有道理。”

“如果他只是不想说话呢？如果他不愿意和我们沟通呢？毕竟，不是他选择来到我们家的，他甚至可能还讨厌我们……”

“那他脾气还挺大的。我觉得你爸爸妈妈同意照顾他，已经非常善良了！”

“是的，而且据我所知，他们好像也别无选择……”

放学后，我急忙赶回家里。

妈妈可能会回来。因为，她一般每周四下午都在家。这样我就可以问她同不同意阿妮萨和雨果来家里。但是我怎么知道埃利奥愿不愿意呢？

埃利奥 / 泡泡

当你邂逅了某个人，意味着你们的生活产生了交集，也预示着你将从他身上收获你所缺乏的东西。千万不要忽视这些相遇，因为每一次相遇都将是一次探索之旅。

——阿哈龙·阿佩尔菲尔德，《躲在树上的孩子们》

刚刚“大眼儿”跟我说了吕邦的事，我差一点儿就向她透露了吕邦告诉我的秘密。因为，我觉得她是个值得信任的人。

她打扫完我的房间（这总是让我觉得很尴尬），在离开的时候略显失望地冲我笑了笑。我有点后悔没有和她说话，于是独自一人生闷气。

“埃利奥，从你的泡泡里出来吧！外面的空气没有被污染，尽管‘大眼儿’总是穿一身黑色的衣服，但她根本不是有毒的颠茄。你不相信任何巧合，所以，也许你住在这里并不是没有意义的。快，振作起来！”

我沉浸在自己的思绪中，快到中午的时候，门外传来了一阵轻轻的敲门声。

“埃利奥，是帕特里克，我可以进来吗？我来烦你一会儿。”

再次见到理疗师的时候，我表面上不露声色，但内心却非常高兴，尽管他会在我四肢疼痛的时候要求我进行负重训练。周二那天，他不得已临时取消了治疗，我很失望。

“你……好，帕……里克。”

“嗨，兄弟，你还好吗？”

“很……好。”

“太棒了。你住在这里就像王子一样，是不是？”

“是……的。”

“他们没有太为难你吧？”

“没有。后……善。”

“后善？呃，你想说的是……”

他犹豫了。他不是米安加里，没办法马上理解我那些咕咕哝哝的话。

“后善。”

“抱歉，我不明白，埃利奥。”

我把唯一完好的左手贴近我的嘴边，笨拙地模仿着亲吻的动作。

“啊，你想说的是友善？他们很友善？”

“是……的。”

“我真为你感到高兴。回去之后，我会告诉桑德拉和邦特教授。不，还是你自己告诉他们吧，因为明天你就要去康复中心做健康检查了。”

“好……的。”

一个小时的拉伸、推拿、揉搓、按压和训练马上就要开始了，我得集中注意力。身为手球运动员，我的肌肉就像阳光下的雪一样消失不见了，这让我很生气。帕特里克也明白这一点。

“别担心，兄弟。肌肉很快就会恢复，你等着看吧。之前伤得比你还重的人都被我治好了。你得努力锻炼，我们理疗师常说，没有什么是不可恢复的。你看吧，两年以后，你就可以重新回到手球场上。保持积极的心态，好吗？”

“好的。”

“你是个帅小伙，我相信女孩子们都会围着你转。对了，你从来没跟我说过：你有喜欢的人吗？”

“……”

“我懂了，你肯定有，只是不想告诉我而已。好了，我们继续吧。”

当他中午离开的时候，我已经筋疲力尽了。我汗如雨下，仿佛又回到了那场精彩的比赛，那天我进了十个球，直到现在我仍觉得无比骄傲，这份骄傲仿佛让我长出了翅膀。

我一瘸一拐地朝浴室走去，决定自己一个人继续锻炼。我想让帕特里克在下周二的时候看到我的进步，这样他就会为我感到骄傲。

这时，“大眼儿”来找我，准备带我去餐厅。她看着我，脸上带着赞许的微笑。

“真棒，埃利奥。你的理疗师跟我说，今天早上你特别努力。”

我点了点头。加油，埃利奥。你可以做到的。

“谢……谢，比安……卡。”

吕邦

看到埃利奥来了，我很高兴。这周四，我终于可以安心地吃午餐了，平时，“三大危害”会坐到我的桌子旁，目的只有一个，就是骚扰我。

那天，于利亚娜不在食堂，埃克托尔去找学校里的心理医生了。所以，我就落单了，他们仨正好抓住了机会。

比如说，他们会把橄榄核扔在地上或者把面包塞进水瓶里，如果被路过的食堂阿姨批评了，他们就会说这是我干的，而我只好把那里收拾干净。

他们嘲笑我，因为我跑得比他们慢，或者因为我在口算的时候总是出错。因为在大家面前，我脑子里舞动的数字让我感觉很有压力。

总之，每周四都是我的黑暗日，但是今天，我特别高兴，因为我能够待在家里。另外，比安卡还做了我最喜欢吃的东西——放了很多小青菜的塔可。

我想知道埃利奥喜不喜欢塔可，我希望他会喜欢，因为这将是我们另一个相似的地方，这样我就可以写一份我们俩的“相似点”清单。每当我想和别人成为好朋友时，都会写一份这样的清单。米拉说这么做很蠢，但我不在乎，我还是会这么做。

我看到他正在大口地吃着塔可。即使有比安卡帮他，他吃得也很费劲，塔可的碎屑掉得到处都是，而且酱汁也流到了下巴上。但是他好像非常喜欢塔可。

我又听到比安卡用西班牙语说了那句话，她每次都会这么说，但她自己却没有意识到。

“宝贝，再来一个吗？”

这一次，她脸红了，马上又用法语说了一遍：“埃利奥，再来一个吗？”

埃利奥回答说：“好……的，谢……谢。”

我惊讶地看着他，就好像刚刚看到了蜘蛛侠突然闯进来。第一：埃利奥喜欢吃塔可。第二：他会说话？

正当我要向他提一大堆问题的时候，比安卡迅速朝我使了个眼色。这是我们之间的暗号，用来提醒我不要说话。当米拉不讲理或者爸爸无缘无故发火的时候，这个小小的眼色就能让我感到安心。这意味着她在对我说：

“别担心，吕邦，一切都会过去的”，或者“别哭，如果你愿意的话，我们一会儿再说”。

我不明白为什么那时候我不应该说话，可我来不及思考，因为比安卡大声说道：“哦，我忘了调鸡尾酒！吕邦，你能过来帮我吗？”

我跟着她进了厨房。

比安卡说的是什么鸡尾酒？

她一边拿出果汁和糖浆，一边轻声说：“你要知道，埃利奥说话还很困难。他不敢在我们面前说话。”

“为什么？”

“我想，他可能是怕我们嘲笑他或者同情他。”

“可我绝对不会嘲笑他！”

“那是当然，但还得看他是不是信任我们。”

“就像《小王子》里的小狐狸那样吗？”

“没错，吕邦。”

当我回到自己的座位时，一张小纸条出现在我的盘子旁边。埃利奥微笑着对我点了点头，于是我打开纸条。他的字写得比我的还差，但我还是能看懂，纸条上写着：“谁是‘三大危害’？”

米拉

家里发生了一些怪事。

今天是周四，所以我下午放学回家的时候，妈妈在家，这再正常不过了。

不太正常的是，我发现她和比安卡待在厨房里，满手面粉，正在做糕点。整座房子里飘荡着糕点的香味！

我妈妈可不是厨艺大师，她甚至讨厌下厨。

同样反常的是，吕邦因为生病不能去上学，而他看起来却很高兴！

更不正常的是，他正和埃利奥并排坐在沙发上，看一部关于阿尔卑斯山动植物的系列纪录片，就像在看世界杯决赛一样激动！

他们几乎没有注意到我的出现。

所以我向他们喊道：

"大家好！"

吕邦向我点了点头，我迎上埃利奥的目光，乍一看，他的目光并不像平时那样充满敌意。

“你好，米拉！”比安卡回应道。

“你好，亲爱的。”妈妈说道。

“妈妈，你怎么了？”

“没怎么啊，你为什么这么问？”

“我不太习惯看你下厨。”

妈妈笑了。

“啊！我和比安卡有事要说，她正在准备糕点，所以我搭了把手。”

比安卡的表情很有趣，好像是在说她不需要雇主帮忙！

我走到冰箱前给自己倒了一杯牛奶，顺便把今早我遇到阿妮萨和雨果的事情告诉了妈妈，特意没让客厅里的人听到。

她有些惊讶地看着我，但显然，她很高兴。

“这主意太好了！他们当然可以来看他了！”

比安卡看起来也很高兴。

好吧，我现在只需要跟当事人谈谈了。但是该怎么开口呢？

当大家坐在餐桌前吃点心的时候，吕邦说个不停，我开始不耐烦了。

“嘿，我能插句话吗？”

吕邦立刻闭上了嘴，两个男孩的目光都聚集在了我身上。

我直视着埃利奥的眼睛。最初的不自在已经一扫而空。

“埃利奥，今天早上我在去学校的路上，被你的朋友们叫住了……”

突然间，他坐直了身体。“我的……朋……友？”

他说话了！

吕邦看起来并不惊讶，看来他早就知道了。

“是的，是阿妮萨和雨果！他们想来看你。当然，这得征求你的意见！”

他脸上露出了发自内心的笑容。“是的……我……动……”

我扬了扬眉。

“同……意！”他纠正道。此时，他的额头上已经微微出汗了。

“那好，我通知他们！”我一边说一边掏出手机给阿妮萨发短信。

比安卡

如果说有一件事是我没想到的，那就是米拉竟然是第一个给埃利奥带来欢乐的人。在听到朋友们要来看望他的消息后，埃利奥的面容和双眼都散发出光彩！

起初，夫人和先生想把见面安排在周六的下午茶时间，还请求我设盛宴招待。

但米拉不同意。

“嘿，这只是埃利奥和朋友们的一次私人聚会，而不是英国女王的官方宴会。阿妮萨说他们下午三点放学，放学后会直接从学校过来。到时候，就只让埃利奥和比安卡留在家里。”

“那我呢？”吕邦羞怯地问道。

“没你的事，”先生回答道，“我的小乖乖，你明天就去上学吧。”

“但是，如果这样的话，我们就不能留在家里欢迎他们了。”夫人有点惋惜地说道，“这是我们最起码的礼貌吧？”

“妈妈，他们又不是来看我们的！”

虽然埃利奥并没有加入谈话，但他的眼睛却紧盯着米拉，看来他知道米拉是最好的大使。

所以我们约定好，让他的两位朋友明天来陪着埃利奥，他们想待多久就待多久。

今天的晚餐甚至透露着一丝愉快。埃利奥的态度虽然没有明显的变化，但餐桌上的气氛已经明显不同了。

先生看起来更自在了，不再像前段时间那么愧疚了。夫人也没了以往那种令人不解的冷漠，她对埃利奥更体贴了，笑得更多了。而吕邦则像在水中游来游去的鱼儿一样快活，他很喜欢埃利奥。

米拉也变了。她不再傲慢地撇嘴了，反而三番五次地想跟埃利奥对视。

我甚至觉得，埃利奥也想和她对视。

至于我，我觉得……更轻松了。虽然我不知道为什么。

埃利奥 / 泡泡

你从未真正了解过任何人。你以为你了解他们，但他们最终却总是让你不解。

——道格拉斯·肯尼迪，《追寻幸福》

我不明白。

米拉是双面间谍吗？她是怎么知道阿妮萨和雨果的？他们是怎么联系上米拉的？他们怎么来丹维尔家附近了？他们的学校离这里可远得很！

这是否意味着对人的第一印象不一定准确？还是说米拉只是决定对我好一点？她为什么想要对我好？

这些问题萦绕在我心头，我想不出满意的答案。

但我仍然觉得米拉和异株荨麻很像。她极其尖刻，但又有许多优点。我非常感谢她，因为是她让我和我的伙伴们恢复了联系！

起初，我以为丹维尔一家一定不会允许我的朋友们上门，但事实恰恰相反。

玛丽安甚至随口问我下午茶想吃哪种蛋糕。她还是没有意识到，哪怕一个简单的回答都会花费我很多精力，我不得不在脑海中寻找那些被我遗忘的词汇，努力地让脑细胞免受阿鲁藤的纠缠。

我焦急地望向比安卡，她微笑着回答道："我觉得巧克力蛋糕不错，你觉得呢？"

我用力地点了点头。

玛丽安又说道："我再拿点糖果和可乐，怎么样？"

"这孩子更喜欢喝菠萝汁。"比安卡回答说。

"哦，太好了，我记住了。埃利奥，你……还想要点别的吗？"

我摇摇头，尽可能清楚地表达了我的想法："谢……谢。这些……就……够了。"

明天对我来说太遥远了，我等不及了！但我又很害怕，尤其是怕见到阿妮萨。每当我们的目光相遇时，我都会很紧张。我很烦恼，怕她听到我说话结结巴巴，也怕她看到我坐在轮椅里瘦弱的样子。在康复中心的时候，日子虽然很难熬，但那时我天真地以为，我的身体和语言能力会很快恢复。而现在，我担心阿妮萨没有耐心等到我康复的那一天。

我又仔细想了想，我同意见面不仅仅是为了自己，也为了吕邦。我必须要和我的朋友们见一面。埃利奥，把你的自我抛到一边吧。

我被困在这个房间里，无法为他做些什么，但我的朋友们肯定可以。

加油，吕邦，我会努力帮助你的。

加油，泡泡，一切都会好起来的。

索菲

当我把埃利奥扶上救护车的时候，已经是下午一点钟了。

这孩子看起来比上次好一些，真让人高兴。上周来接他去康复中心的时候，我感觉就像押送囚犯去监狱一样。

而今天，他脸上有了笑意。

我尝试着亲近他："怎么样？你在寄养家庭过得开心吗？"

"嗯，谢……谢。"

他的回答让我很吃惊，我差点撞倒路边的垃圾桶。所以，他不仅什么都懂，而且还会说话了？

我很为他高兴，接着又说道："你好像有进步了！瞧，送你去新家是个好主意，对吧？"

啪嗒！他像寄居蟹一样把自己关在壳里了。他把隔板拉了下来，我无法再吸引他的注意了。

一路上他都没有再开口。接下来是长达二十五分钟的沉默。直到我们快到康复中心的时候，我最后一次试着和他交流。

“你的朋友们去看你了吗？”

他抬起了头，突然来了兴趣。

“看来是了……你认识那个漂亮的褐发女孩和戴帽子的男孩，对吗？他们问我你的情况……我心一软，就把你寄宿家庭的地址给了他们。我那么做不符合规定，你可千万别举报我呀。”

他终于笑了。虽然笑得有些羞涩，但我还是能看得出来。

“一言……为定。”

埃利奥 / 泡泡

我们必须接受失望，因为它是有限的，但却不可失去希望，因为它是无穷的。

——马丁·路德·金

好了，我已经知道一部分答案了！泄露丹维尔家地址的人是索菲。还好，这个救护车司机没那么不靠谱！

我从救护车上下来后，帕特里克迎上来，带我去了邦特教授的办公室。桑德拉和米安加里已经到了，他们正面带微笑地看着我。

“你还好吗？”邦特教授放慢了语速对我说道，仿佛我是个三岁的孩子。

“很……好，谢……谢。”

他点了点头，显然很满意。在他看来，我现在的状态意味着我已经取得了阶段性的成功。

埃利奥·埃内贝勒，七个月内已完成40%的康复训练，仍有进步空间。

“你在寄养家庭过得还好吗？”桑德拉问我。

“嗯，他……们……对……我……很……友……好。”

“太好了，太好了！”桑德拉还没反应过来，教授便惊呼道。

“我们有一个好消息要告诉你。”米安加里小声说，“你妈妈……她昨天说了几个字。她提到了你，我也跟她说了你的近况，但是我不确定她听没听懂。不过，这已经很好了，对吧？”

“可以……先她吗？”

“我可以见她吗？”米安加里贴心地重复了一遍我的话。

“我……可以……见……她吗？”

邦特教授点头表示同意。“我们先给你做一些身体和脑部的检查，评估一下你的健康状况，然后我们再带你去她的房间，可以吗？”

当然可以，他竟然这么和蔼！我完全没有想到米安加里会告诉我这个消息。我好想从轮椅上站起来，和她一起欢快地舞蹈！

连续运动四十分钟后，我感到筋疲力尽，他们终于同意让我进入 246 号房间。

妈妈坐在椅子上，眼神很迷茫。她那明亮的双眼和锐利的目光去哪儿了呢？

“妈……妈，我是……埃……利奥。”

“埃利奥……”她心不在焉地重复道。

我有很多事想告诉她，但是我不知道要从哪里说起。毕竟以我的语速，我们得聊上一整天，但是没关系：她说出了我的名字。这些字洒落在我心里，就像一场流星雨。我多么希望能够和妈妈团聚啊！

“你……平……白吗？”

我很生气。这不是我想说的那个词。我闭上双眼，不想让自己哭出来，然后绞尽脑汁想象出了一台电子词典，把刚才的话重新说了一遍。

“你……明……白吗？”

她没有回答，却突然泪流满面。我心疼地用纸巾擦去了她脸上的泪水，然后转身看向悄悄等在门口的米安加里。

“时间，埃利奥，给你们彼此一些时间吧。”她温柔地对我说。

吕邦

昨晚临睡前，我开始列清单，希望以后清单上的内容可以越来越多。

埃利奥和我

1. 我们都喜欢吃比安卡做的塔可和番茄意面。

2. 他喜欢植物，我也喜欢，尤其是食肉植物。

3. 他喜欢画画，我也喜欢。

4. 我们都遇到了麻烦。他不会说话了，而我害怕“三大危害”。

为了不让自己哭出来，我努力地想着清单，但是上课的时候，我发现“三大危害”正嘲讽地看着我，所以，恐怕我那样做也没什么用。

早上课间休息时，他们仨走到我身旁，我好像又矮了几公分似的，变成了一个小矮子。

“嘿，小鹿斑比，你昨天去哪儿了？”保罗从背后推了我一把。

“去你妈妈家了，对吧？”埃德加接着说道。

“别烦我！”我一边说，一边试图溜走。

我慢悠悠地走着，好让他们觉得我并不害怕，但我是装的。就像之前米拉说的那样，我快要吓死了。我的心怦怦直跳。

“今天下午校门口，我们走着瞧。”马克桑斯嘴里念念有词，“上一次，我们没看到你说的埃利奥。你知道吗？我们觉得那都是你瞎编的。”

他在说最后几个字时，用力地抓住了我的胳膊，但是我挣脱了。

这一次，他们说对了。我确实是在胡说八道。

这一天过得很漫长，我想回家找埃利奥和比安卡，我甚至还想念米拉。

上课铃声响了。在勒萨勒先生的科学课上，我什么也没有听进去，尽管那是我最喜欢的科目。我拖延着时间，以最慢的速度整理本子，又问老师需不需要帮忙，最后偷偷地溜进了厕所。但是四点半以后，我们就不能继续待在学校里了，除非是报了托管班。

做完这一连串的事，我希望“三大危害”已经等得不耐烦回家了……但是并没有！他们还在等我，还用脸去接抛向空中的巧克力豆。他们真的太蠢了。

我昂着头往前走。这是于利亚娜教我的，她说这样一来，“三大危害”就会认为我并不害怕他们。可这个办法并不总是管用，唉！

我从学校里出来，看了一下四周。啊，要是比安卡能提前猜到要发生的事就好了！要是她今天能来接我就好了……但是我不敢告诉她，因为我怕他们仨说我是个爱告状的小屁孩。

当马克桑斯朝我走来时，一个跟埃利奥年纪相仿的大哥哥出现了，他拦住了马克桑斯，双臂交叉站在他面前。大哥哥手臂上的肌肉很发达，他太强壮了，就像绿巨人浩克一样！他皱着眉，低头靠近马克桑斯，看了他一会儿，然后突然在离马克桑斯的脸超级近的地方大吼了一声。这一次，马克桑斯吓坏了，甚至都快要哭了！

至于保罗和埃德加，他们俩害怕地退到了墙边，就像麦哲伦看到了妈妈手里的吸尘器一样。

大哥哥的眼神很凶，他盯着他们看了一会儿。这可把“三大危害”吓坏了，他们甚至不敢动弹。干得漂亮！

然后他朝我走来，伸出手来和我击了下掌。

“嗨，吕邦，我一直在等你！你今天过得还好吗？”

我不明白。这位戴着鸭舌帽的大哥哥是谁？他是米拉口中所说的恋童癖吗？他是那种专门引诱小孩并对他们做恶心事的人吗？还有，他怎么知道我的名字？“救命，有个陌生人和我搭话”，我该不该像这样大声呼救呢？

但是，他看起来很热情！他在盯着我笑，还冲我眨了眨眼。

就在这时，街对面有一位大姐姐朝我们喊道：“好了，埃利奥、吕邦，你们不着急吗？我等你们等得快饿死了！”

埃利奥？她为什么管大哥哥叫埃利奥？这是怎么回事？难道……

大哥哥没有留给我任何思考的时间。

“来吧，吕邦，我们快走，不然阿妮萨会生气的。”他一边说，一边朝“三大危害”抛出最后一个愤怒的眼神。他们仨站在原地看着我离开，就像去了头的韭葱（当勒萨勒先生提出一个很简单的问题却没有人回答时，他就会这么说我们）。

我跟着他走，脸上洋溢着灿烂的笑容。这个笑容有着强大的力量，让我的面容都舒展开了，我觉得大家都看到了我的笑脸。

转过街角后，“三大危害”再也看不到我们了，这时大哥哥伸手对我说：“我是贴身保镖雨果，很高兴为您服务，吕邦先生！”

“你是埃利奥的朋友吗？”

“是的，他是我最好的朋友。”

“我是阿妮萨。”雨果的朋友补充说，“我想你应该明白了。埃利奥跟我们说你非常可爱。然后我们很容易地就找到你了，因为你就是这个学校里最可爱的小男孩。”

我的脸涨得通红。阿

妮萨也非常漂亮，简直就像《阿拉丁神灯》里的茉莉公主。

“你们为什么在这里？”

“呃……听说有些家伙在骚扰你，而且他们还是三对一。”雨果说，“你看，我们俩加入后，就打平了。”

“就像手球比赛一样，双方人数必须相同。”阿妮萨拉着我的手补充道。

我的脸已经不再是脸，而是一堆炭火！

“埃利奥把所有的事都告诉你们了吗？”

“是的，我们刚从你家过来。学校的地址是比安卡告诉我们的。”阿妮萨一边向我解释，一边拿出一张折叠过的纸条给我看，我很快就认出了它。

谁是“三大危害”？

班上一直骚扰我的三个男孩

比安卡

当孩子们按响门铃时，我的心怦怦直跳，就好像要迎接未婚夫一样！这太奇怪了，甚至有些愚蠢！换作米拉，她准会说：什么乱七八糟的！

其实，从早上开始，埃利奥就一直焦躁不安，他还成功地把压力传递给了我。但是我知道，他在康复中心的时候已经和他的朋友见过面了，他们也清楚他的情况，所以我不太明白他到底在担心什么。

好吧，到目前为止，这个可怜的孩子还没有露出幸福的模样。他怎么会这样呢？自从知道他的同学要来家里之后，情况就有所改变。不只是埃利奥变了！从埃利奥进入家门的那一刻起，吕邦就很喜欢他。而且，我还发现米拉变得不那么……咄咄逼人，或者说更加友善了。至于丹维尔夫妇，他们俩没那么紧张，也不那么小心翼翼了。米拉说得没错，我们不是在迎接英国女王。不过，这次来访为什么让家里发生了这么大的变化呢？

昨晚，我一直这么问自己。我还没找到答案，但是我觉得并不是因为有客人来访这件事本身，而是因为家里人和埃利奥借这个机会产生了交流，这是以前从来没有过的。

我认为这一点我想得很对。

埃利奥做完康复回来后，我发觉他整个人都不对劲。我想知道是不是发生了什么特别的事情，但是他却像牡蛎一样不肯开口。不过，我开始了解这个小家伙了。他的眼神往往能传递出无法用语言表达的内容。从康复中心回来时，他的眼神表明他非常激动！

他肯定有话要对我说，但是他的朋友马上就到了，我想让他准备一下。

他的两个朋友害羞地站在门口，他们非常可爱！小姑娘阿妮萨看上去好像更加自在。

“我们是埃利奥的朋友。”她对我说。

“我知道你们是谁，”我笑着轻声说，“埃利奥在等你们，来吧。”

突然，她的眼里涌上泪水，我猜埃利奥应该就在我身后。的确是这样，他迎了出来，脸上的表情既喜悦又不安。

我想他们可能会去埃利奥的房间，但是埃利奥却示意他们坐在客厅。

我回到厨房去准备点心，但还是忍不住竖起耳朵听他们讲话。

当小姑娘阿妮萨来问我吕邦学校的地址……我该怎么描述当时的心情？就像我的心扑通一下掉在了地上！

阿妮萨

“小菜一碟！”我和雨果都笑得合不拢嘴！“我们俩给‘三大危害’来了个下马威！要我说，他们就是“三大霸王”，他们仗着高大强壮、人多势众就欺负可怜的吕邦。让我们来处理这件事真是再合适不过了。好吧，我们确实花了点时间才听懂你的要求，但幸好最后成功了。”

埃利奥听完我讲的故事好像很高兴。所以，我继续说道：“如果你看到我们演戏的时候吕邦那副目瞪口呆的样子……”

我一直在说话，仿佛是为了填补埃利奥的沉默。我用余光看着他，能再见到他，我真是太高兴了！

他是怎么来到这里的？他为什么要来这里？他和这家人有什么关系？我完全没有头绪。不过，我觉得他很幸运！这样很好！事故发生后，每当我想起他，眼里总是含着泪水。埃利奥不该变成现在这样。我知道，我这样想很傻，没有谁应该变成这个样子，但他可是埃利奥啊！

我很难过……埃利奥将来会怎样？我喜欢的那个埃利奥还会回来吗？我的好朋友！

就在我们准备离开丹维尔家的时候，米拉回来了。

她笑着对我们说：

“你们这就要走吗？”

“是的，我们还有事情要忙！”雨果回答说。

她一直把我们送到大门口。

“还算顺利吗？”她问道。

“很顺利，很好……”雨果小声抱怨道，“但他的身体状态依旧不是很好！”

我想让自己乐观一些，于是补充道：“无论如何，他看起来比在康复中心的时候好多了。”

我犹豫着要不要把他交给我们的任务告诉米拉，但我想没有必要，而且米拉马上问了其他问题。

“埃利奥以前是什么样子？”

我松了口气。“他很完美：善良、聪明、风趣、热爱运动……你简直无法想象！”

她低着头，很尴尬。“我当然想象不到了。我只认识……现在的他。”

“你会看到的，他会恢复的。埃利奥是个战士。”雨果坚定的语气让人不容置疑。

米拉对他笑了笑，然后说：“随时欢迎你们来！”

你知道吗，我甚至觉得埃利奥会喜欢上这个美丽的女孩……

米拉

阿妮萨和雨果走后，我回到了客厅，埃利奥回了他自己的房间，而比安卡正在收拾餐桌。

我和她说："好像还挺顺利的。"

她笑了。"是的，非常顺利……"

"你听到他们说什么了吗？"

"当然没有了！他们来看埃利奥，埃利奥好像挺高兴的。我不知道他会不会和你聊聊，我希望他会，但是我想和你说，你做得很好，米拉。"

"我哪里做得好？"

"你让他的朋友们来探望他。"

"哦！是他们主动来和我打听他的，我只是中间人。"

"是的，但你做得很好！"她坚持说道。

我很高兴。

此时，吕邦正高兴地依偎在埃利奥身边。看着他幸福的脸庞，我想我错过了些什么。

埃利奥 / 泡泡

世间并无任何偶然，所有相遇都已注定。

——保尔·艾吕雅

吕邦的笑脸就是我收到的最好的谢礼。坐在轮椅上、说话磕磕巴巴的我竟然成功地保护了这个小男孩？连我自己都不相信。

雨果、阿妮萨和比安卡都很好！还有米拉，是她让这一切成为可能。

他们就像生长在玻利维亚荒漠乌尤尼盐原上的植物，比如覆瓦滨藜、玻利维亚香根菊和多枝刺菊，在它们带刺枝条的保护下，弱小的植物就不会被掠食者吃掉。这些植物抱团以后会更强大。滨藜－香根菊－多枝刺菊，这支队伍的名字很酷，不是吗？

我从不相信巧合。虽然我仍然不知道为什么会来到丹维尔家，但至少在这里，我可以帮助吕邦。

他像跳蚤一样兴奋，在我的房间里跳来跳去。

“你的朋友们太酷了！当雨果去找我的时候，‘三大危害’真的以为他就是我的朋友埃利奥！他们很害怕他，都快被吓尿了！你应该看看马克桑斯的表情！还有，雨果的帽子太酷了，阿妮萨美得像公主一样。你也酷呆了，我喜欢你！”

他突然大笑起来，又一次扑向我，压到了我的胳膊。我往后缩了缩，他抱歉道：“哦，对不起，我弄疼你了！你还好吗，埃利奥，你没事儿吧？”

“我……没……事。”

然后他又变得严肃起来。

“现在我很想为你做些什么。这就是朋友，不是吗？你帮助了我，所以现在轮到我帮你了。你想要什么，埃利奥？”

他的大眼睛紧紧地盯着我的嘴唇，他在等我的回答。我想抱住他，但我却愚蠢地回答道：“不……需……要。”

他摇摇头。“不可能，我不信。”

过了几秒，他又说：“你想见你妈妈吗？”

“想，但……我……见过……她了。”

“真的吗？什么时候？”

“当……当。”

吕邦皱起眉头，然后他的眼睛一亮。

“埃利奥，不是‘当当’！你是想说‘刚刚’对吗？”

“对。”

他抓住我的胳膊。

“太好了！我们像是在用加密语言说话一样！我喜欢这样，至少，当我说错话的时候，你不会笑。对了，埃利奥，你不会笑我吧？”

“不会。”

他又说：“你妈妈好些了吗？”

我犹豫着要不要回答，但是我很想说和妈妈有关的事，所以最后我松口了：“没有。她……不……音……我……了。”

“她不认识你了？”

我很吃惊：这个六岁的小孩居然像米安加里一样了解我。

“是的。她……不……认……识……我……了。”

“那你是不是很伤心？”

“是。”

他叹了口气，眼睛里充满了泪水。

“这件事我不知道该怎么帮你。给我换一个任务吧。”

看着他执着的样子，我笑了。我想了想，突然，我知道答案了。

吕邦

今天晚上，我趴在床上写清单。

埃利奥和我

1. 我们都喜欢吃比安卡做的塔可和番茄意面。

2. 他喜欢植物，我也喜欢，尤其是食肉植物。

3. 他喜欢画画，我也喜欢。

4. 我们都遇到了麻烦。他不会说话了，~~再我害怕“三大危害”~~。我不再害怕“三大危害”了，现在轮到我帮助他了。

5. 他从“三大危害”手里救了我！等我长大了，也要帮助别人！

6. 他总是害怕说话，我们了解彼此！

我有一个新的秘密任务！我把眼睛闭得紧紧的，只有这样我才能够专心思考，要不然，我看着房间里的东西，脑袋里会有很多杂念。

我回忆起和埃利奥的对话。他说：

“我……想要……我的……卡片。”

“卡片？埃利奥，什么卡片？”

他摇摇头，我看得出他对自己说错话感到不满意。我知道这种感觉，我也不喜欢。他指了指放在床头柜上的书。

我猜测说：“你想要你的书吗？”

“不是。”

“你的本子？”

“不是，是比本。”

“笔记本？你想要你的笔记本？”

“对。在……家。”

“你的笔记本放在家里？”

“对。”

我问他：“你想让我去取吗？”

“对。”

我真为他感到难过，所以，我搂住了他的脖子。

“虽然我不知道你家在哪里，但是我会尽力找到你的笔记本的。”

我自信地离开了他的房间，但现在，我一个人躺在床上，发现这个任务对我来说太难了……我怎么才能找到埃利奥的家呢？

米拉

吕邦关门的动作真的让人恼火。他们两个有什么可说的呢？他们都聊了些什么？好吧，虽然我不像吕邦那样，从一开始就坦然接受埃利奥的到来，但我已经做了弥补，不是吗？即使我没帮上太大的忙，但也多亏了我，他才能和朋友们重逢。

有一天晚上，爸爸妈妈和我们一起吃饭的时候，吕邦告诉我们阿妮萨和雨果帮了他。我们都快笑死了，就连比安卡也差点把汤打翻。至于埃利奥，他没有笑出来（不应该逼他笑），但他显然很高兴。

“你从来没有告诉过我们你在学校遇到了麻烦！”妈妈用担心和责备的语气说道。

吕邦脸红了。“我不想麻烦你们……”

“这种事应该告诉爸爸妈妈，吕邦。”爸爸反驳道，“这不是麻烦我们，你知道吗？在学校里受到骚扰可不是什么小事，这是违法的。我们要去找校领导……”

“别，爸爸，”吕邦请求道，“现在事情已经过去了，他们不会再欺负我了！”

“亲爱的，如果再发生这种事，你一定要告诉我们，好吗？”妈妈坚持道，“不然会出事的，你知道吗？”

吕邦点了点头。

“你应该告诉我们，明白吗？”

“嗯。”吕邦小声回答。

而我却没有说话。我感到有点难过。我能理解吕邦为什么不想告诉爸爸妈妈，但我希望他能告诉我，我是他的姐姐……

晚饭后，我上楼回到自己的房间，给洛洛打电话。

“哇，是他摆平的？”她尖叫道。

“是的。”

“大侠埃利奥！他太酷了！”

“阿妮萨和雨果才是大侠！埃利奥只是出主意的人。”

“那……”

“怎么了？”

我知道她想问什么，但我装作不知道。

“你们俩的关系好些了……你现在还觉得他是个累赘吗？”

我之前的确把他当成了累赘，我有些羞愧。

“我那样做不对。阿妮萨说他以前是个很好的人。吕邦也爱他，他是吕邦的超级英雄。”

“我想是的！”

她笑了笑，然后继续说道：“或许他也会成为你的超级英雄……”

我耸了耸肩。洛洛有的时候真的很烦人。

“对了，你有关于比安卡的新情况吗？”她还是和往常一样，说着说着突然从一件事跳到另一件事。

“不知道，我没有再继续查下去，她还是不愿意谈这个问题。但自从埃利奥来了以后，她就变了。我不知道该怎么和你说……她好像变柔和了。以前，她的眼神总是阴沉沉的，眉头紧皱着，仿佛在生气，一直都是那样。不是针对我们，是她的身上有怒气！而现在，她的面容变得……更平和了。”

这时，有人敲门。

“进来吧，吕邦！好啦，洛洛，我先挂电话了，明天见。”

吕邦站在我房间门口。他光着脚，穿着超人睡衣，裤腿歪歪扭扭的。

“你怎么站在门口？进来吧！”

“你生我的气了吗？”

“我为什么要生气？”

“因为我没告诉你‘三大危害’的事。”

他爬上床，挨着我。

“我希望你能告诉我，吕邦。爸爸妈妈说得对。我可以帮助你，给你建议。”

他皱着眉点了点头。

“我怕你笑我……”

我正准备回嘴，但又停下了。因为我确实经常取笑他……

“我再也不笑话你了，好吗？”

他的脸上立刻散发出光彩。

“再也不了？”

“再也不会了，再也不会了……但是很难做到！”

我们大笑起来。

吕邦很快又严肃起来，好像房间里有很多人一样，他在我耳边小声说：“我必须告诉你一件事。”

“你说！”

“埃利奥交给我一项任务，但我需要你的帮助。”

吕邦激动地跟我说，他要不惜一切代价找回埃利奥的笔记本。

“这些笔记本对他应该很重要，你明白吗？”

“嗯，我当然明白。你问他要地址了吗？”

他撇撇嘴。“没有。”

“太蠢了！好啦，你别担心，我去问他地址，然后我们一起去找，好吗？”

他犹豫了。“这是一项秘密任务。这样的话，他就知道我跟你说过这件事了。”

“好吧，但他知道你不会一个人去找的。”

吕邦点点头。

“另外，我们还需要拿到他家的钥匙。”

他睁大了眼睛。他没有想到这些！

“看来，我当不成优秀的特工了。”他感叹道。

“不要担心。我去找他，跟他说你得在我的帮助下，才能拿回他的笔记本。他会理解的。”

他用双手搂住我的脖子，亲了我一下。

“你现在就去吗？”他临走前问我。

“是的，现在就去。”

埃利奥/泡泡

攻其无备，出其不意。

——孙武，《孙子兵法》

我早就料到了！我知道一向叛逆的米拉想找我谈话。虽说我还没准备好，但是因为最近几次她都表现得很友好，所以就给她一个机会吧，一个很小的机会。

“我是米拉，我可以进来吗？”

“可以。”

门开了，她走进房间，把手指放在嘴前做出“嘘”的动作。真是多此一举……好像我刚刚在床上又喊又跳了似的！

“爸妈不知道我来这儿了，比安卡也不知道。”她叹了口气说，“我应该没有打扰到你吧？”

“没有。”

到目前为止，一切都还好。我坚持住了，挺高傲的，也没有结巴，但接下来恐怕很难。

“谢谢你帮了我弟弟。”

“不用……谢。”

“还是要谢谢你！你现在可是他的偶像！”她又说道，笑容里有一丝紧张。

接着是一阵尴尬的沉默，她又继续说：“刚刚，当我得知吕邦宁愿把他遇到的麻烦告诉你，也不愿意告诉我的时候，我还有点怨你。但是在跟他谈话之后，我知道了他那么做的原因。以后，我也会多倾听他的心声。”

“很……好。”

“我过来是因为……因为吕邦告诉我，你想拿回落在家里的笔记本，是吗？”

我没有回答，心里很生气，因为吕邦把我们的秘密告诉了她。我特别不希望米拉插手这件事。笔记本是我的个人物品，我不想让她去我家里翻找，尽管我很想拿到它们。但是我不得不承认，只要她参与了这件事，很快就能找到解决办法。

“嗯……因为我知道这件事，所以你不高兴了，是吧？”她又说道。

“是的。”

米拉站了起来，我知道自己惹她生气了。

“听着，埃利奥，我知道我刚开始的时候不是很欢迎你。那是因为事情突然砸到了我头上，我也不知道该怎么办。你的突然到来，爸爸办公室里的文件，还有监护人的事情，所有这一切……吕邦和比安卡很快就接纳了你，而我却把你想得太坏了。我真的很抱歉！”

她在说什么？什么监护人？

我得马上弄清楚这件事，但我得先对她说实话。只有建立良好的关系才能重新开始对话。

“我……也……是，把你……想得……太……坏了。”

她惊讶地坐回到我的床上，压住了我的胳膊。有其弟必有其姐。

“我？你把我想得很坏吗？”

“是的。”

她皱了下鼻子，然后叹了口气。“我理解。最开始我是挺招人烦的。”

“害怕。”

“害怕？你害怕我吗？”

“不，是你，你……害……怕。”

她那双蓝色的大眼睛盯着我看，然后她脸红了。

“你说得对，埃利奥，之前我确实害怕你。好了，忘掉这些吧！你能给我一次机会吗？”

“可以。”

“谢谢！我轻松多了。”

现在，我想让她解释刚刚说的那些话。加油，泡泡！

“文……件？监……护……人，是……谁？”

“嗯……是我爸爸，我爸爸是你的法定监护人。我是无意中发现的，你想想，多么离奇！”

她的爸爸，我的监护人？怎么会这样呢？

在我八岁的时候，我曾经在一档节目中看到有棵树被闪电击中了：它的树干强劲有力，上面长了很多疙瘩，却被劈成了两半，烧焦的树枝弯弯曲曲地指向天空。这棵树就这么死了。为了这棵日本的大栎树——麻栎，我哭了一个小时。

这会儿，我突然觉得自己就像那棵栎树。刚才的消息好像一道闪电将我击倒，摧毁。

我的“法定监护人”，这是什么意思？是不是意味着现在的状态会一直持续下去？我还以为这一切都只是暂时的……既然如此，为什么我的监护人不是玛丽安？为什么是他？他是什么身份呢？

我没有把我纠结的这些问题告诉米拉。

她皱了皱眉头，然后惊呼道，丝毫没有注意到我的不自在："嘿，我知道你家的地址，我记得在爸爸的文件里看到过。但我没有钥匙，你有什么办法吗？"

我想大喊："我不在乎这个！你爸爸是我的监护人，这是什么噩梦？"但我还是回答说："问……你……弟……弟。"

"我弟弟？"米拉惊讶地重复道，"你怎么能指望他有钥匙呢？"

我摇了摇头。"不……是……你……弟……弟。"

我已经没有精力说清楚我想说的意思了。我抓起吕邦的画，用颤抖的手在背面慢慢写道："门房，乔治。"

米拉紧握着这张纸，眼睛闪闪发光。"好的，埃利奥！我们会拿回你的笔记本的，放心。晚安，明天见。"

我躺在床上，我的心碎了，仿佛刚刚被龙卷风袭击过。这一切到底意味着什么？

比安卡

“埃利奥的脸色怎么了？”

昨天的喜悦和愉快好像都消失得无影无踪了。今天早上，埃利奥很不安。

尽管如此，他还是对我微微一笑，似乎是为了让我安心。

我知道，哪怕是一直追问他，也无法了解更多的情况，所以我没有说话，开始收拾房间。他坐在窗边，出神地凝望着花园，他很喜欢这样。

突然间，不知道为什么，我开始说话了！几句话的工夫，我就把埋在心底多年的秘密一点一点地说出来了。话刚说完，我就落泪了，然后倒在了他的床上。我知道他在听我说话，而且他也听到了。虽然他背对着我，但却没有错过我说的每一句话。

“当他们夺走我儿子的时候，我觉得自己快要死了。我不理解，那些野蛮人竟然连孩子都不放过！对他们来说，人与人之间没有任何区别。女人、男人、年轻人、老人、孩子、婴儿……成千上万的人就这样被拐走，然后消失了！那天，儿子生病了，我出门去买药。我的丈夫帕科在家陪着维多利奥，他们过来抓走了帕科……还带走了维多利奥。自那以后，我再也没有见过他们俩。这么多年来，我一直都希望我的儿子能被收养，但那时他已经太大了……那些有地位的亲政府家庭只会收养婴幼儿，因为小孩子记不住小时候发生的事。在协会的帮助下，我们找回了许多被收养的孩子，但却从来没有我儿子的消息。十年的等待让所有的希望都彻底破灭了。然后，我决定离开我的祖国，走得越远越好。在布宜诺斯艾利斯的时候，我是一名法语老师。我热爱文字、文学和法语。最后，我选择了法国，并来到这里……成为一名保姆。从某种程度上说，丹维尔一家已经成了我的家人，因为我已经没有其他的亲人了……”

轮椅转了过来。泪水打湿了埃利奥的脸颊。

埃利奥 / 泡泡

学会倾听是一门艺术。

——爱比克泰德

哦，我多么希望此刻我能正常地说话！但我做不到。话语堵在我的喉咙里，而我只能用湿润的眼睛看着“大眼儿”。她为什么要告诉我这个秘密呢？有一次，她以为我睡着了，悄悄地对我说了“小家伙”这个词。难道我让她想起了她的“小家伙”维多利奥吗？我发现她总是盯着我看，甚至她自己都没有意识到。还有，她在讲什么？或者说，她在讲谁？那些残忍的人是谁？他们竟敢抓走她的丈夫和儿子。

我一字一顿地说：“你……的……维……多……利……奥？”

她握着我的手，哭得很厉害，胸口一直在颤抖。

“埃利奥，他和你长得很像！他长得很好看，和你一样有双黑色的大眼睛！”

我想知道在“大眼儿”的故乡——遥远的阿根廷到底发生了什么事。哪怕过了这么多年，在那里经受过的苦难依旧在此刻将她压垮了。

“那……些……人……是……谁？”

“他们是军事独裁统治时期的士兵，说是要进行‘国家重组程序’。”

“我……不……知……道，比安……卡。”

没错，我根本不了解这个残酷的军事独裁统治！不论是在电视上还是在学校里，我从来都没有听说过。我把他们想象成一支强劲的“山莓”军队，如果你不幸掉入危险的山莓丛中，那些带刺的荆棘就会缠住你的腿和胳膊，划破你的衣服。

“大眼儿”的儿子维多利奥到底怎么了？他……死了吗？可怕的画面出现在了我的脑海中，怎么都赶不走。

我含混不清地说：“维……多……利奥，几……岁……了？”

“那时他才十三岁。他热爱潜水，有的时候很鲁莽，总是下潜到很深的地方。我总害怕他会消失在大海里，他却什么都不怕。然而带走他的并不是马德林港海滩，而是那些人……”

她用手捂着脸。我不知道该说什么，但是我能猜到她的感受：不知道自己的孩子在哪里，和不知道自己的爸爸在哪里是一样的。难道是因为她知道这种事会在心底留下巨大的阴影，所以才选择告诉我的吗？

啊，我多么想安慰她！

接着，“大眼儿”转身看向我并鼓起勇气朝我微笑。

“你真好，埃利奥……谢谢你能听我说完……”

“不用……谢，比安……卡，我为……你……感到……难……过。”

“可是……你呢？刚刚我一直在说自己的事。今天早上，你看起来不太高兴。我没有说错吧？”

我犹豫了一下。“大眼儿”已经向我敞开心扉，所以我也可以向她倾诉。我深呼吸了一口气。

“丹……维尔……先……生……是……我的……监护……人。”

她看着我，好像我在说疯话一样，然后小声说：“怎么会这样呢？你是怎么知道的？”

“米……拉。”

她把手放在我的肩膀上，我听到她用西班牙语非常小声地说了几个字，但我不确定自己听得对不对。

“这到底是怎么回事呢？”

米安加里

比安卡给我开门的时候，我马上就注意到了她红肿的双眼。她笨拙地想要掩饰，所以笑得很夸张，显得不太真诚。

“米安加里，请进！”

“比安卡，一切都还好吗？”

“挺好的，别担心！都是因为灰尘！我对灰尘过敏。埃利奥在等您，您快去吧。我接着做家务了。”

埃利奥是我最喜欢的病人，然而当我走进他的房间时，迎接我的却是一个闷闷不乐的埃利奥。他怎么了？难道他们吵架了？这让我难以相信。

到底是怎么回事？

“你好，最帅的埃利奥！”

“你……好。”他情绪低落地回答我，根本不在乎我的玩笑话。

“嗯，好吧，今天早上的气氛有点怪！你知道比安卡为什么难过吗？”

“知道。”

“是因为你吗？”

“不是。”

他选择保持沉默，这对我们接下来的治疗来说可不是什么好兆头。

“你呢？”我走到他的面前接着说道，“你有烦心事吗？”

他摇了摇头。

“是因为你妈妈吗？你一直都在担心她吧？”

“是的。”

但我确信他还有别的烦心事。“埃利奥，告诉我吧，求你了！你是知道了她什么事吗？还是你在生谁的气？”

他转过身去，几乎背对着我。此时，他像个勇敢的小战士，宁愿隐藏自己的悲伤，独自承受，这简直和我的弟弟一模一样。

突然，他开口说话了。“我……想……吃……掉……为……什么……这……个……人……是……我的……监护……人！”

“埃利奥，你想知道什么？你的监护人是谁？”

“先……生。”

“丹维尔先生？”

“是的。”

“你是怎么知道的？”

他没有回答我，而是愤怒地看着我。“你……呢，你……知……道……这件……事？”

我终于明白了。“哦不，埃利奥，我向你发誓我不知道！这种事没有人会告诉我，只会写在病历上。但是如果你想了解，我可以去康复中心查一下。我保证！”

“谢……谢。”

“说了这么多，你还没有告诉我你是怎么知道的。”

“米……拉。”

“是他女儿告诉你的？你确定她没有骗你吗？”

“确定。”

我心头一紧，但还是鼓起勇气朝他微笑。

我真心希望他有一天能够知道真相。如果说有人应该知道真相的话，那一定是他。

比安卡

我准备要做的事情并不光彩，但最终的结果证明我那么做是对的！

埃利奥在康复中心，家里只有我一个人，所以我有一整个下午的时间。我去了先生的办公室，他毫无防备，总是把门开着，大记事本就放在他的办公桌上。所以那天晚上我在这里撞见米拉的时候，她在找什么呢？她是想知道更多有关埃利奥的事吗？可是这个年轻小伙子刚来的时候，她似乎根本不上心。埃利奥告诉我，是她透露的监护人的事。我想，她肯定是翻了她爸爸的文件才知道这事的，而我也正在这么做。

我很快就注意到一封来自三椴树康复中心的信和一份埃利奥的出生证明。

“……出生，父亲不详。”

但里面还提到：

“斯特凡·丹维尔同意担任埃利奥·埃内贝勒的法定监护人，并照顾他直到波利娜·埃内贝勒女士康复为止。”

看来这就是米拉找到的文件，然后她把文件的内容无意中透露给了埃利奥，她以为埃利奥已经知道了！

正当我准备合上记事本时，我发觉封皮鼓鼓的。于是我把手伸进封皮里，拿出了一个牛皮纸信封。信封来自某个律师事务所，里面有好几封信，但寄信人都是一位叫哈桑的律师。

我马上开始研究这些信，然后一切都水落石出了。

米拉也看到了这些吗？

我并不这么认为，不然她早就有反应了……

我想了想。

我的结论是，米拉只找到了康复中心的信和出生证明。她不知道有其他文件，埃利奥也不知道。

但是我绝对不能告诉孩子们真相。

绝对不能！

米拉

我在校门口等吕邦。

校园里响起了铃声，不一会儿，一群孩子就从里面跑了出来。吕邦在一群家长里找我的身影。看见我之后，他冲我笑了笑，然后急忙朝我奔来。

"'三大危害'在哪儿？"我问他。

"没有'三大危害'了！"吕邦笑着欢呼道，"他们已经吓坏了，所以现在不会再缠着我了。"

"太好了！那我们走吧？"

吕邦把他的手放到我的手心里，我们一起朝公交车站走去。我用手机上的应用软件规划了路线，全程大约三十多分钟。我已经提前告诉比安卡，我和吕邦放学以后不会马上回家，我们要为爸妈的结婚纪念日挑一份礼物。她天真地相信了我说的话。

我们到达了指定的地点——一座漂亮的方石建筑。我按下"门房"按钮，然后门廊的门开了。

"来做什么的？"一个男人没好气地问我们，他的脸棱角分明，鼻子特别尖，口齿不是很清楚。

“我们是代表埃利奥·埃内贝勒过来的。您是乔治吗？”

门房的脸色顿时变得温柔了，我甚至觉得他的眼里含着泪水。

“哦！”他大声擤完鼻涕后说，“那个小家伙怎么样了？他妈妈还好吗？你们有他的消息吗？”

“埃利奥挺好的，他现在住在我们家。其实，是他让我们来取一些他需要的东西。他说您会给我们开门……”

“是的，当然，非常乐意！”他一边对我们说，一边走进了门房。过了一会儿，他又回来了，递给我们一串钥匙。

“我现在不能离开岗位，但我会让你们上去。就在三楼，出了电梯右手边就是。你们走的时候把门关好，然后把钥匙还给我，好吗？”

“谢谢您，乔治先生。”吕邦礼貌地说，“我们不会待太久。”

当我走进这个陌生的公寓时，不禁有些颤抖。吕邦依旧抓着我的手。房子不是很大，有一个可以用餐的客厅和两间卧室。我们很快就找到了埃利奥的卧室，因为他的门上贴了一张画着植物图案的大海报。

就像他和吕邦说的那样，他所有的笔记本都长得一样，都是黑色的，只有编号的颜色不一样，就放在他书桌的抽屉里。我们全都拿走了。

吕邦惊讶地张大了嘴巴，注视着这间极其杂乱的卧室：显微镜，植物学的书，巨大的世界地图，星图，绘画，奖牌，奖杯，等等。而我忍不住想去看看公寓里的其他地方。

我推开他妈妈卧室的门。和儿子的卧室不同，妈妈的卧室井井有条，看得出被仔细整理过。五斗柜上摆着埃利奥各个年龄段、穿着各种衣服的照片。我好奇地端详着这些照片，想要了解以前的埃利奥。我拿起一个相框，然后放回去，又拿起一个。我看着他的脸，发现每张照片里的他都是面带笑容的。

当我把一张埃利奥婴儿时期的照片放回原位的时候，照片从相框里滑出来，掉在了地板上。正当我想要捡起照片放回去的时候，我注意到了照片背面的文字：

亲爱的凡，这是你的儿子，虽然你不认识他，但你至少应该承认他。

我心里很乱，这时吕邦来找我了，我迅速把照片塞回相框里。

“米拉，你怎么了？你好奇怪。”

吕邦

我和米拉都迫不及待地想把笔记本带给埃利奥！但是在此之前，我们得先把钥匙还给门房乔治。他长得很像《神偷奶爸》里的格鲁，一开始我以为他就是格鲁。他总是用奇怪的眼神盯着我们，还有他的长鼻子和大嗓门儿，这些都让我感到害怕。

但是随后，我想起我们不能以貌取人，最后证明我的想法是对的，因为乔治人很好。他还收留了埃利奥的小猫波芭。我很想把它带回家，但是我不确定它能不能和麦哲伦和睦相处。

“孩子们，怎么样？你们找到要找的东西了吗？”

“找到了，格鲁先生……呃，我是说，乔治先生！”

米拉用手肘顶了顶我的肋骨，幸运的是，“格鲁”一定没有听懂我说的话。

“那太好了！你们想喝一杯石榴汁吗？”

“不了，谢谢您，先生。”姐姐礼貌地回答道。

但我却说：“哦，好的，我超级渴！”

“跟我来吧，等我三分钟！”

米拉皱了皱眉头，但我却假装没有看见。我想听“格鲁”讲埃利奥的事。

“埃利奥以前是什么样子？”我问道，这时候，乔治先生正在为我们倒饮料。

“他是一个勇敢的孩子！哦，他妈妈也很勇敢！但是，你们要知道，他们的生活并不愉快。唉，他没有爸爸！他小的时候，我经常见他，每周三……他都来找我……一直在我这儿待到他妈妈下班回家。我们会聊聊生活。后来他长大了，没什么时间了，但是我们碰见的时候，他都会友好地和我打招呼。我很想他，你们能帮我转告他吗？”

突然，我有了一个主意。“您为什么不来我们家看看他呢？”

“吕邦，这不行吧？”米拉惊讶地喊道。

然后她又尴尬地补充说：“我们得先问问爸爸妈妈。”

“我明白。”“格鲁”虽然很伤心，但还是笑了，“总之，孩子们，你们知道在哪儿能找到我，你们能来我很开心。”

“再见，乔治先生，希望我们能再次相见。”

在回去的路上，我想：“我、乔治先生和埃利奥，我们仨可以组建一个俱乐部——笨嘴拙舌俱乐部！”

埃利奥／泡泡

请相信，你永远都可以依靠我／这就是朋友的真谛／无论快乐还是悲伤／我会一直在你身旁／这就是朋友的真谛……

（迪士尼电影《森林王子》插曲《朋友的真谛》，

词：罗伯特·谢尔曼、理查德·谢尔曼）

吕邦抱着一个包得意扬扬地走进我的房间，米拉红着脸跟在后面，我瞪大了眼睛。

是的，他们做到了！他们成功了！

“埃利奥，我们拿到了你的笔记本！”吕邦喊道，“我们还遇到了格鲁，好吧，就是小区的门房乔治！他人超级好！”

听到门房的绰号，我突然大笑起来。这个绰号非常适合他。吕邦真是个人才！我一直把乔治比作菊芋，这种植物的形状不规则，长相也不吸引人，但吃起来却很美味。他是个顶好的人。

“太……棒了！”

“埃利奥，你高兴吗？看！”

他把包里的东西倒在了被子上，全是我的笔记本。用《指环王》里咕噜的话来说，它们就是我的“宝贝”。

那感觉就像老友重逢，我想把它们紧紧地抱在怀里。

“对了，能让我们看看里面的内容吗？”吕邦请求道，“我想看，但是米拉不让我看。”

显然，这个女孩在我心中的地位又上升了，而且还上升了很多！

“谢……谢。”我对米拉说。

“不客气！”她回复道，“虽然我也很想知道你藏在笔记本里的秘密，但是我们不应该偷看别人的日记。”

我们俩都脸红了。

“不是……日……记。真……的……不……是。”

“那是什么？”米拉不禁好奇地问道。

我又找不到合适的词语来表达自己的想法了，所以干脆不解释了，直接让他们看。正当我准备翻开6号笔记本的时候（因为这是最新的一本，是我最拿得出手的，里面的画也是完成得最好的），比安卡的声音从餐厅传来。

“孩子们，吃饭了！饭做好了！”

“哦不！”吕邦埋怨道，“埃利奥，我想看看你的笔记本里都有什么！”

“下次吧。”米拉一边回答，一边将她弟弟推出我的房间，“你知道的，比安卡不喜欢饭菜冷掉。埃利奥，你也来吗？”

我艰难地从床上爬起来，然后在吕邦的搀扶下，一瘸一拐地朝餐厅走去。

“大眼儿”看到我们一起过去的时候，她笑了，那笑声比格鲁的还要奇怪，她惊讶地看着我们，然后突然跑向厨房，用奇怪的声音喊道：“鸡肉烤焦了！鸡肉烤焦了！”

“什么鸡肉？”米拉吃惊地说，“我刚刚看见比安卡做的是法式甜椒咸派啊。”

比安卡

我知道自己变得更勇敢，更坚强了！

是什么让我变成现在这样呢？

可怜的孩子们，他们肯定什么也不知道。可即便我知道了真相，看着他们仨肩并肩站在一起，我还是觉得很震惊！

有一件事可以肯定：米拉，她什么也不知道。说实话，我觉得很惊讶，因为她是一个好奇心很强的人！

所以，我绝对不能把我知道的事情告诉他们，这样会挑起争端的。毕竟，那与我无关，而且家里的秘密最终会浮出水面的。

我得让自己冷静下来，管好自己的事。我假装自己很从容，然后回到餐厅去找他们。

气氛很轻松，至少表面上看起来是这样。

“哎，你们挑好礼物了吗？你们爸爸妈妈的结婚纪念日礼物。”

三双眼睛都盯着我看。

米拉脸红了，而吕邦和埃利奥却露出惊讶的神情。

“我说谎了，比安卡。我们没有去挑礼物。”

“是……我的……错！”埃利奥磕磕巴巴地说。

我看着他们，不太明白是怎么回事。

米拉又继续说：“埃利奥想拿回他放在家里的笔记本。”

“哦，我明白了！”

我笑了笑，补充说：“反正我本来也不怎么相信挑礼物的说辞。”

他们都放松下来，忽略了我的存在。

我回到厨房，内心十分激动。

米拉

今晚，我们没有和爸爸妈妈一起吃晚饭，他们一定是在庆祝他们的结婚纪念日。

吕邦想要知道埃利奥笔记本里的内容，所以他一直在说这件事。

我的心思在别的事情上……照片背面的那句话让我有些困惑：亲爱的凡，这是你的儿子，虽然你不认识他，但你至少应该承认他。

不用细想就能猜到这句话是埃利奥妈妈写的。她的字迹优美颀长……但如果这张照片是要寄给某个人（那个传说中的“凡”）的话，那这么多年过去了，照片怎么还留在公寓里呢？难道埃利奥的妈妈想自己留着照片，根本不打算寄出吗？

关于他的出生和他的爸爸，埃利奥究竟知道多少？

好多问题啊！

帮比安卡收拾完餐桌以后，我上楼回到了自己的房间，而吕邦则跟着埃利奥去了他的房间。

我躺在床上思考。

让我最为困惑的是我不知道埃利奥来我们家的原因，连他自己都不知道。当我告诉他我爸爸是他的监护人时，他一副目瞪口呆的样子，由此可以推断出，他知道的信息比我知道的还少。

不论我从哪个角度想，都没有办法把这些事情联系在一起。我没有解开谜底的钥匙，就像一副拼图还缺少关键的那一块。但是，如果我和埃利奥都不知道的话，那么另一个当事人一定知道！那个人就是爸爸！我觉得他还欠我们一个解释。但有一点可以肯定，那就是在埃利奥来到我们家之前，爸爸并不认识他。

突然，我浑身上下一阵战栗。

“亲爱的凡，这是你的儿子，虽然你不认识他……”

亲爱的凡

凡……斯特凡？

不！！！

埃利奥／泡泡
或者说，从此以后只是埃利奥……

因为我们的天性就是渴求知晓秘密。

——阿尔伯特·科恩，《魂断日内瓦》

虽然我不是百分之百确定，但是我相信自己已经从泡泡里走出来了。我与泡泡之外的世界成功地恢复了联系，尽管这很难。

和往常一样，吕邦带着麦哲伦来了，他很想看看我笔记本里的秘密。当他看到内容时，发出了尖叫声，听起来像小猫头鹰在要吃的。不得不承认，他的热情让我觉得很高兴！

“大眼儿”敲门叫他回房睡觉，身高一米二五的吕邦盯着她：“我不困！我想看埃利奥画一晚上画！”

“不行，吕邦，你明天早上就能见到了。”

他用哀求的眼神看着我，但是我看了一眼“大眼儿”，随后说道：“明天……有惊……喜，我……画……你。”

“真的吗？你要画我？”

“嗯。”

“你听到了吗，比安卡？”他紧紧地抱着他的狗说道。

“听到了，你真幸运！走吧，和埃利奥说晚安。”

“晚安，埃利奥！还有，你会画我的，对吧？”

“一言……为定。”

吕邦刚走，我就拿起了我的铅笔。我太想念笔尖在纸上游走的感觉了！不过，现在我的手指很笨拙，不再像以前那么灵活了，但是我会成功的。

我要弥补落下的工作！我的人类－植物画册里没有吕邦，当然，也同样没有我出事后遇到的其他人。这事做起来并不容易，要花上我好几个小时！

我要先画“山莓”军队，然后再画吕邦，我会信守承诺的，哪怕我得画上一整晚。我忘不了比安卡说的维多利奥的事，那甚至比米拉说的监护人的事更能牵动我的心。我在等米安加里的消息，我希望她能告诉我更多的消息。

但米拉今天又来敲门了，这破坏了我原本的计划。

“我想找你说件事，没打扰到你吧，埃利奥？”

“没有，没……关系。”

当看到笔记本上的内容时，她没那么愁眉苦脸了，反而是一脸感兴趣的样子，和她弟弟一样说个不停。

“哇哦，太酷了！你居然会画这些！谁教你的？”

“我……自……学……的。”

“这些张牙舞爪的荆棘是什么？代表的是谁？”

“士……兵。”

“你认识他们吗？”

“不……”

“太不可思议了，我喜欢！你也会画我吗？”

“呃……不知道。”

“为什么不知道？”她生气地问道。

我笑了。“以……前，我……评判……你。”

“是，我知道，你早就跟我说过了。”

“你……荨……麻。”

“我是荨麻？”她抱着胳膊，然后扑哧一声笑了出来，“因为我很尖刻，是吗？”

“嗯。”

我想补充几句，但是她却抢先说话了。

“我很喜欢！荨麻味道辛辣，用来做汤再好不过了，而且，荨麻叶子还可以治病呢。”

“对。”

好吧。热情消退过后，她的脸色再次变得阴沉，她坐在我的床上，双腿交叉。

“我得和你谈点事，但是这事说来话长。而且，你一定会觉得我是个喜欢刺探别人隐私的人。”

“你……是吗？”

“我是。”她低头承认道，接着说，“但这件事我是出于好心。其实，是为了你好！好吧，我承认，多少也是为了我自己考虑。我得弄明白这件事，但是……我还是什么都不明白。我感觉一头雾水。”

突然间，她的眼泪夺眶而出。此时的她不再像异株荨麻了，更像是一株菜蓟。当你拨开它的叶子，会看到它柔软的内心！

“你……想……告……诉……我？”

她用手指绕着头发，不开心地看着我。她这副样子像极了吕邦！

“埃利奥，这件事超级复杂，我不知道从哪里说起。”

“和……你……有……关……吗？”

“嗯，但也不只与我有关。”

“还……有……我？”

“对。”

深呼一口气之后，她下定了决心。

“在我告诉你我爸爸就是你的监护人的时候，我就明白你什么也不知道。我说得对吗？”

“嗯。”

不知道为什么，我的手开始颤抖，我的心跳也加速了。或许我只是不愿去想为什么，因为背后的答案让我心慌。

“你刚来这儿没多久，我就去了爸爸的办公室里翻资料，我就是这样知道监护人的事的。然后，我的心里就冒出了很多问题。你妈妈跟你说过关于你爸爸的事情吗？”

“和……别的……女……人……走……了。”

米拉叹了口气，她正要说些什么，但又改了口。

“埃利奥，我们去你家的时候，我忍不住看了你妈妈放在五斗柜上的照片。然后……有一张照片从相框里掉了出来。我捡起来的时候，发现它背面写了些东西，然后我就看了。我知道，我那样做不好，但是我真的很想弄清楚。”

“你……也……进……我……的……附……近……里……翻……了……吗？”

“你的房间吗？当然没有！我发誓没有！你相信我，好吗？”

“嗯。”

“我把你妈妈写在相片背面的话拍下来了。看，你想起什么了吗？”

在看到她手机屏幕上那个奇怪的句子后，我惊呆了。尤其是，那个句子的首字母的形状像极了昂着头的泰坦巨蟒，作为已知的最大的蛇类，它早在几千万年前就已经灭绝了。我被那个字母催眠、啃咬、吞噬。

亲爱的凡，这是你的儿子，虽然你不认识他，但你至少应该承认他。

我甚至不敢再看米拉一眼。

米拉

显然，埃利奥也明白了。

我们甚至过了好一会儿才敢看向彼此。然而令我惊讶的是，我好像在他脸上看不到恐惧或沮丧的表情。我不知道我的感觉对不对，为了找到答案，我鼓起勇气看向他的眼睛。

“嘿，你们在玩什么？”一个稚嫩的声音从我们背后传来。

“吕邦！你怎么到这里来了？你现在应该在床上睡得很香了！”

“我不困。我本来想找你说会儿话。但是你不在房间里……”

他调皮地笑了笑，然后说道：“然后我就想，你肯定是和埃利奥在一起呢！真是太巧啦，我也想和埃利奥说话！你们在玩什么游戏？谁先笑谁就输吗？”

吕邦

当我走进埃利奥的房间时，他正和米拉并排坐在床上，他们俩四目相对，仿佛看到了一只穿着三角裤的袋鼠跳进了房间（这是勒萨勒先生说过的话，当学生们都用惊讶或者茫然的眼神看着他的时候，他就会这么说。我喜欢“惊讶”和“茫然”这两个词，而且，我还能正确发音）。

“你们在玩什么游戏？”我又问了一遍。

“吕邦，我们没有玩游戏。”米拉否认道。

“骗人。”

“没有，我说的是真的。我们刚刚发现了一件事，挺……”

“奇……怪。”埃利奥打断了米拉的话。

“对，相当奇怪。所以，我们很……”

“真定。”埃利奥补充道。

“是震惊。”米拉纠正道。

我不明白。

“你们为什么要一起说话？埃利奥为什么要给你说的话收尾？你们是在耍我吗？你们两个太坏了！”

米拉立刻冲过来，把我抱进怀里。“不是的，吕邦，我发誓！好啦，别生气了。跟我们说说你来找埃利奥做什么。”

我举起清单。米拉和埃利奥看着它，我看得出来他们在假装感兴趣，但看到清单的开头后，他们笑了。

埃利奥和我

1. 我们都喜欢吃比安卡做的塔可和番茄意面。

2. 他喜欢植物，我也喜欢，尤其是食肉植物。

3. 他喜欢画画，我也喜欢。

4. 我们都遇到了麻烦。他不会说话了，~~再我害怕三大危害~~。我不再害怕“三大危害”了，现在轮到我帮助他了。

5. 他从“三大危害”手里救了我！等我长大了，也要帮助别人！

6. 他总是害怕说话，我们了解彼此！

7. 我希望他能永远待在这里，我们就像一家人一样！

埃利奥抬起头看向我，他的表情很奇怪。我不喜欢，甚至有些难过。

“你不喜欢我的清单吗？”我问他。

“恰恰相反，吕邦，我觉得埃利奥很喜欢它！”米拉安慰我道，“埃利奥，我说的对吗？”

“对，很……喜欢。”

他举起了左手，我和他击了一下掌。

“我们……是……好……朋……友。”

我问他：“你想让我再写一份吗？那样你就可以在你房间里也放一份了。”

“谢……谢……你，吕……邦。”

我把头靠在他的肩膀上，听到他的心跳得非常快，就好像他刚刚一口气爬完了楼梯。

我抬起头来，看到米拉好像哭了。

“啊，见鬼！”她边说边从埃利奥床边的盒子里抽了一张纸巾，“我难道是过敏了吗？”

比安卡

今天吃早餐的时候，我只看了他们两个一眼，心中的忧虑和疑问就像阳光下的雪一样融化了。

他们知道了！

他们怎么知道的，是谁告诉他们的，这些都和我没什么关系。

多么令人欣慰啊！

我端详着他们俩。

飘忽不定的眼神、似笑非笑的表情，突然，他们的脸上露出忧虑的神色。

米拉的表情时而痛苦，时而快乐。

埃利奥看起来很震惊，但是却勇敢、坚韧。

我已经很久没有感觉这么幸福了。

米拉

“你发誓！”铃声响起的时候，多洛雷丝朝我喊道。

奇怪，当我跟洛洛说昨天的事时，我的情绪变得很激动。我用颤抖的声音回答她：“我向你发誓，我说的是真的。”

“所以，你觉得你们是兄妹？”

“同父异母的兄妹。”

“那你开心吗？”

“我不知道！对，我确实开心，因为坦白讲，埃利奥很……”

“很什么？”她着急地问道。

“很酷！但他也因为爸爸的谎言感到很愤怒。”

“谎言，谎言，你可能有点夸张了……我是这么想的：不公布所有真相并不代表在说谎！”

“好吧。但是为什么对我们隐瞒呢？他至少应该告诉我和埃利奥！”

数学课要开始了，老师立刻把我和多洛雷丝分开。

如果她以为她的方程式能赶走我脑袋里的问题，那她就大错特错了，博丹大婶！

昨天晚上的画面仍然在我的脑海中不断浮现：埃利奥的表情，他眼中的不解，还有我自己的反应——面对这件不可思议的事，我好像挺开心的。

问题不断涌现。为什么爸爸只字不提？为什么他不告诉任何人？还有，为什么埃利奥的母亲从来没有跟他提起过关于他父亲的事情？难道他连知道自己父亲名字的权利都没有吗？

最糟糕的是，妈妈还不知道这件事！如果她已经知道了，她肯定会告诉我们的……可怜的妈妈啊，我甚至不敢想象当她知道这件事之后会是什么感受。为什么，为什么，这是为什么呢，爸爸？

下课后，多洛雷丝突然一脸严肃。“那么，你打算什么时候把他，也就是你的兄弟，介绍给我？”

“吕邦？你已经认识他了啊，而且他还是个孩子，比你小太多了，不是吗？”

我们放声大笑。

埃利奥

人就像植物：有些喜欢阳光，有些喜欢幽暗。

——劳伦斯·斯特恩

我翻来覆去地在心里想，斯特凡因为我而感到羞愧吗？在他眼中，我这个凭空出现的儿子，就像一包他想甩掉的脏衣服吗？他是怎么看待我和妈妈的？

之前他跟我说话的时候，笑容尴尬，态度奇怪，仿佛在用力憋着堵在喉咙里的话，现在我全明白了。

他为什么不早点鼓起勇气接近我？

我应该和“大眼儿”谈谈。看看她到底知不知道这件事，或者知道多少。我敢肯定她刚才已经看出来是怎么回事了。

今天早上，在米安加里来之前，我希望能够以罗斯丹的方式，大声说出我的感受。罗斯丹是我最喜欢的作家之一，也是《大鼻子情圣》的作者。

埃德蒙·罗斯丹处理语言和情感的艺术堪称完美！

戏剧式：这是谎言、悲剧、背叛！我怎么用到了“背叛”这个词？这是个阴谋！

幽默式：在那些失眠的夜晚，我以为我的父亲已经去了世界的另一端。天晓得！他就睡在隔壁房间。

肉麻式：我敬爱的父亲，我是多么地思念您啊！唉，但我发现您是个虚伪的人，我甚至不再想和您握手了。

严肃式：哦，父亲，我不理解您的态度。但是，我已经十五岁了，我决定宽宏大量地原谅您了。

现实式：得了吧，兄弟，你爸爸根本看不起你！

偏执式：爸爸，妈妈，你们欠我一个真相，你们瞒得我好辛苦。你们的心是铁做的吗？

天真式：亲爱的斯特凡，你是因为担心我情绪过于激动，所以才选择隐瞒我的，对吗？

电报式：已发现“消失的拉帕努伊棕榈树”－句号－并没有消失－句号。

诗意式：

亲爱的米拉，你想对我说什么？

是一个能将你我紧密相连的秘密吗？

说吧，我恳求你。

不要让我陷入如此巨大的混乱之中！

致敬《星球大战》式：我是你的儿子，你是我的父亲！

咄咄逼人式：对我隐瞒这个秘密，你难道不觉得羞愧吗？怎么，我是你儿子这个事实，让你如此厌恶吗？

科学式：我们将通过平行线判定定理来证明，上述提及的斯特凡·丹维尔的确是埃利奥·埃内贝勒生物学意义上的父亲。

流言蜚语式：你听说了吗？斯特凡好像是埃利奥的爸爸。

愤青式：我忘了有些人是多么的懦弱。

乐观式：我本来是独生子，但是在短短一个小时内，我就多出了一个弟弟和一个妹妹！

埃利奥式：我的父亲不再是已经灭绝的拉帕努伊棕榈树了，而是田野菟丝子，那是一种寄生的物种，它会扼杀……

有人敲门。

我知道是他，我没有起身开门，但他还是进来了。

“埃利奥？你在吗？你有时间吗？我想……我……有件事要告诉你，这件事……比较……复杂。”

他的眼睛不知道该往哪里看。他用手挠着头，说话有点结巴。现在轮到他来找词了。

“别……白费……力气……了，我……都……知道……了。”

他沉默了一会儿，看得出很受打击。

“埃利奥，请听我说。”

“为……什……么？”

他的眼睛红红的，让我心生不忍，尽管我还在生他的气。

“我为什么之前没向你坦白呢？因为我不知道……该怎么说。我是个懦夫。我突然收到了哈桑律师的邮件，你母亲在信里指定我做你的监护人。一切都来得太快了！埃利奥，你对我来说是一个意外之喜！如果这件事没有这么突然，如果我早点知道……但是，我不能回到过去，也无法改写这件事。我欠你一个解释，我已经准备好讲给你听了，如果你想听的话。”

“我……已经……很……清楚……了。”

“你很生气，我理解。”

他向我走来，但我转过头去。

妈妈，你这是把我送到了哪个星系？

比安卡

米安加里刚刚给我打电话，说她今天早上不来了，因为她的车坏了……我得去告诉埃利奥。

正当我要进入他房间的时候，门开了，先生满脸沮丧地走了出来。埃利奥和往常一样，背对着门，面向窗户坐着。他不是特别高兴，可以说是特别不高兴。我马上就猜出了原因。先生可能想把他们之间的关系告诉他。但是，对于埃利奥来说，当时并不适合谈这件事。这个孩子现在很难过。

“你还好吗，埃利奥？”

“……”

“我可以为你做些什么？”

“你早就知道他是我爸爸？”

“是的，但我也才知道不久。你之前告诉我，你从米拉那里得知了丹维尔先生是你的监护人，然后，我的好奇心就被激起来了……”

我脸红了，感觉自己这样做不是很光彩。

埃利奥什么也没说，他在等我继续说下去。

“我去翻了先生的文件，然后碰巧发现了一家律师事务所寄来的资料。”

“你……为……什……么……没……有……”

“告诉你？”

他点了点头。

“因为我觉得这件事不应该由我来告诉你。我猜，你爸爸刚才已经告诉你整件事情的真相了，对吗？”

他依旧不说话，两眼无神。

我接着说：“埃利奥，我理解你的感受。你很生气，感觉自己被背叛了……这是人之常情。你有权生你妈妈的气，这些年她对你隐瞒了真相。至于先生，我想他自己也受到了很大的震动，他需要一些时间来接受这件事，你明白吗？他必须先独自消化这一切，然后才能和你以及他的家人们说这件事，你觉得呢？事实也证明，他的确坦白了这件事……而且可能是最先跟你说的，因为我不确定他有没有告诉他的妻子和孩子。”

这次，他抬起头直视我。

然后他轻轻地点了点头，表示认同。

“另外，米安加里打过电话了。她今天早上来不了了。”

他如释重负地笑了。他需要静一静。

米拉

我一放学回家就冲进埃利奥的房间。我们必须得好好谈谈了。今天，比安卡要去接吕邦放学，会留埃利奥一个人在家。

当我敲他房门的时候，他几乎在同一时间毫不犹豫地回应：“进来吧……米拉。”

看他的表情，我明白一定发生了些什么。

埃利奥把一切都告诉我了。

我无言以对，不知道该说什么，也不知道该作何反应。埃利奥还跟我说了比安卡的话。听完以后，我的火气就降下来了。

“她说得对。这就像是一场可怕的海啸，毫无征兆地落在了他身上。我很抱歉，埃利奥，但我认为在这件事上，你妈妈的错更大。我爸爸不可能猜到你的存在，不是吗？”

他含糊地点点头。

“等她康复之后，你有的是时间和她算旧账。至于爸爸，我只希望他现在能把真相告诉我、妈妈，还有吕邦！”

有时，经常……或者说大多数时候，我的话都是脱口而出的。我真是个大笨蛋……呃，不，是蠢话大王！也可能两者都是！我意识到，我可能已经伤害到了他。

“对不起，埃利奥，我不是故意的。你妈妈这么做肯定有她的理由。”

然后我就夺门而逃了。

斯特凡

我知道这一天早晚都会来，尽管我很害怕。

虽然生活总是在捉弄我们，但奇怪的是，这次一点儿都不有趣。

自从埃利奥来到我们家的那天起，我就一直如履薄冰。我很清楚，我迟早要和他谈谈，但在过去的每一天里，我都在为自己找借口。

刚才，我终于鼓起勇气去他的房间里找他了，但却被泼了一盆冷水。

原来，他早就知道一切了。

我真是个傻瓜！他一定以为我想隐瞒他吧，但其实我只是需要一点时间来想想该怎么把这件事告诉他。

他是怎么猜到的？有人说，孩子们能感知到一切，甚至是你想对他们隐瞒的事情。

今晚，我刚把吕邦哄睡，从他房间里出来的时候，米拉就让我和玛丽安去埃利奥的房间，然后她引爆了炸弹——“你为什么要瞒着我们？”——我快要崩溃了：

我的女儿也知道了！

她很机灵，我甚至怀疑她才是那个最先发现真相的人。

我觉得自己就像个被告人，结结巴巴地说道："对不起，米拉。一切都发生得太快了，我一点儿办法也没有。我和你妈妈就像被一阵龙卷风卷到了半空中，完全身不由己。"

"怎么回事？你也知道？"米拉跳起来，愤怒地看向她妈妈。

"是的，米拉，我知道这件事。你爸爸收到邮件后马上就告诉我了。我承认，刚开始的时候，我不太能接受这件事，因为我没有足够的时间去消化这些信息，但我一直在尽最大的努力欢迎埃利奥加入我们的家庭。至于你爸爸，这件事来得太突然，他也措手不及。当他知道埃利奥时……既高兴又震惊，特别是在现在这种情况下。埃利奥，你明白吗？"

埃利奥一动不动，用锐利的目光盯着我，我脸红了，就像一个被抓包的孩子。从我们俩那天的谈话里，他明白了多少？

“我和你的母亲波利娜……我们以前在同一所大学读天体物理学专业。当时我的眼里只有她，但她太我行我素了！她想的都是她的星系、书本和望远镜！她从不和朋友出门，做什么事都是独来独往！她是一个很古板的女孩子。”

我咽了咽口水，米拉盯着我的嘴唇。埃利奥看着别处，摆出一副让人捉摸不透的样子，但是我知道他在听我说话。

“我们以前是恋人。埃利奥，你应该知道这件事，因为这很重要。波利娜……她比我优秀。她总是领先一步。老师们都很喜欢她，她甚至没有意识到这一点。而我就像个笨蛋似的，学业上远不如她。她轻而易举地就以优异的成绩通过了考试，而我却挂科了。所以，我去考了更适合我的高级房地产策划师职业资格证。然后，我就进了公司，又去了布宜诺斯艾利斯实习，在一次学生聚会上，我遇到了米拉的妈妈……玛丽安。她是我铁哥们儿的妹妹。我从布宜诺斯艾利斯回来后，就跟波利娜说了分手。我永远都忘不了她当时的样子。她脸色苍白，黑眼圈很重，我以为是她工作太辛苦了，但过了这么多年我才明白，她当时已经怀上了你，埃利奥！我从来不知道这件事，她也没有挽留我。而在十五年后的现在，真相就像回旋镖一样向我袭来。”

随后，房间陷入了一阵漫长的沉默。埃利奥仍然一动不动。米拉却朝我走来，把手放在了我的肩膀上。

“爸爸，之前有次数学测验，我作弊了，弗洛维尔女士把你和妈妈叫去了学校。回到家以后，你把我带到了花园里。你没有骂我，而是对我说了伏尔泰的一句话，你还记得吗？”

“不记得了。”我喉咙发紧。

女儿抱住我，小声说：“哪个人能不犯错？哪个国王无弱点？”

吕邦

埃利奥和我

1. 我们都喜欢吃比安卡做的塔可和番茄意面。

2. 他喜欢植物，我也喜欢，尤其是食肉植物。

3. 他喜欢画画，我也喜欢。

4. 我们都遇到了麻烦。他不会说话了，~~再我害怕“三大危害”~~。我不再害怕“三大危害”了，现在轮到我帮助他了。

5. 他从“三大危害”手里救了我！等我长大了，也要帮助别人！

6. 他总是害怕说话，我们了解彼此！

7. 我希望他能永远待在这里，我们就像一家人一样！

8. 我们有同一个爸爸！！！埃利奥是我的哥哥！！

这是我生命中最美好的一天，甚至比最好的生日礼物还要好。我有哥哥了，我哥哥是世界上最好的哥哥！

只把这件事写在我的清单上是远远不够的。不，我要到处写，我要写在全校、全城，甚至全宇宙的每一面墙上。

我先把这些话写在纸上。这下，我终于不再讨厌写字了。

埃利奥是我的哥哥．埃利奥是我的哥哥．埃利奥是我的哥哥．埃利奥是我的哥哥．埃利奥是我的哥哥．埃利奥是我的哥哥．埃利奥是我的哥哥．埃利奥是我的哥哥！

今晚，我躺在床上，回忆着我知道这件事的那一刻，就像在反复观看一部好看的电影。

我觉得那一刻不同寻常。

当时大家都在客厅里。爸爸把我抱到他的腿上，我们坐在妈妈旁边的沙发上。

“过来，吕邦。我要告诉你一件重要的事情。”

“有多重要？”

“非常重要。”

“那这件事，我会有一点儿喜欢，还是很喜欢，还是一点儿也不喜欢？”

“你听完会很开心的，吕邦，我保证。”米拉笑着对我说。

“是的，一定会的。”妈妈也这么说道。

奇怪，爸爸好像有点难以开口，米拉想帮他。

她温柔地说：“埃利奥刚刚知道了他的爸爸是谁。”

我喊道：“真的吗？你找到他了？”

又是一阵沉默。爸爸眼里含着泪水，我突然感到害怕。

“埃利奥，你要离开我们家了吗？”

所有人都惊呼：“不！”

“你也认识他的爸爸，”米拉喊道，她的脸都红了，“你知道吗？太不可思议了！他就是……”

她用穿靴子的猫的眼神回头看了看爸爸，而爸爸抚摸着我的脸。

“是我，亲爱的。我就是埃利奥的爸爸，而你是他的弟弟。如果他愿意或者他需要，他可以和我们住在一起。这里是他的家，永远都是。”

“你就是埃利奥的爸爸？你真的是他爸爸？”

“是的。”

我看着埃利奥，他也看着我。

我跑着扑进他的怀里，感觉就像在柔软的云朵上飞翔。

比安卡

夫人通常不会帮我收拾桌子。而且，说实话，我不喜欢她待在我身边。丹维尔家的厨房是我的地盘。我整天都待在那儿，只有到了晚上，在把全家上下都打理妥当之后，我才会回到自己的房间。但是现在，在这么短的时间内在她身上发生了那么多事，我觉得她需要倾诉。我不得不承认，在过去的几天里，她在我心目中的地位提高了很多。虽然，她在这件事中可能没什么可说的，但我觉得她表现得高尚，很令人敬佩。

她来找我的时候手里拿着两个杯子，我马上接过她手中的杯子，让她坐下了，而我继续收拾厨房。

“比安卡……”她试着打开话题。

“怎么了，夫人？”

我背对着她，以免她感到尴尬。

“关于这事，您怎么想呢？”

这绝对是个陷阱！

“我不知道我有没有权利去评判些什么。”我说着，转过身去。

她笑了。

“但您的想法并不少，不是吗？”

我也笑了。

我点点头，在她对面坐了下来。我不禁握住了她的手，她也任凭我握着。她平时总能很好地克制自己，但此时我却突然发觉她是如此脆弱！

“夫人，我认为，您今晚做得很好。您……非常好！”

她抬起头，仿佛松了一口气。

“对埃利奥来说，这也许是最好的安排。”

“但是万一他妈妈恢复不了，他就不得不和我们生活在一起。家里三个孩子，其中两个正值青春期……我不知道自己能不能应付得过来。”她叹着气说道，仿佛现在才意识到自己的处境。

现在，我觉得有必要把前几天米安加里告诉我的事情说出来了：

“埃利奥的妈妈可能就要康复了，夫人。她正在好转。我想现在埃利奥最需要的就是您的支持以及全家人的安慰。”

她放松了下来。

“比安卡，谢谢您。”她对我说道，“从前，我一直都没有机会跟您说这句话，但是……我……还有全家人都很感谢您。”

泪水在我眼里打转，我立刻起身去忙自己的事。

夫人静静地坐着。然后，她对我说：“斯特凡跟我说了您的事。我很抱歉，比安卡。我很想帮您，但我之前不知道那件事。”

我又坐了下来，用厨房的毛巾捂着脸。

“先生已经知道了？”过了一会儿后，我问道。

“是的。有一天，他在杂志上看到有篇文章报道了那件事，然后他在上面的照片里看见了您。他想知道更多的情况，所以做了一些调查……我们从没和您提起过这件事，因为我们觉得这件事实在太令人痛苦了。我们想，也许有一天您会亲口告诉我们的。”

我不知道该对她说什么，但我很感谢他们的体贴。

“失去孩子的痛苦永远都不可能消退。维多利奥还在，他永远都在我身边，在我心里，直到我死去。但我也知道，我可怜的宝贝已经不在人世了。作为一个母亲，我能感应到。因为只有婴儿或者很小的孩子，才会被官员和政要们收养。”

我的喉咙发紧。

“我感觉他已经……没了。其实我从一开始就知道，但我无法相信。谁能相信人可以在一夜之间突然消失，没有任何理由，没有任何痕迹？不管怎么说，时间会治愈伤口，即使不能让它完全愈合。”

她没说话，现在换作她来握住我的手。

“人不能活在过去。”

“是的，”她回答道，“但是您不觉得应该再回去看看吗？我和斯特凡会帮您的。”

我浑身打战。“回去看看？你是说回布宜诺斯艾利斯吗？”

“嗯。”

我摇摇头。“您知道的，我和阿根廷已经没有任何联系了。我在那里已经没有认识的人了。我的祖国是法国。”我一边说着，一边起身继续工作，“谢谢您想到这一点，但还是算了。我向您保证，我现在很好。”

“我尊重您的想法，比安卡，但如果有一天，您想回去看看的话，请告诉我们，好吗？”

她突然站起来，抱了我一下，然后离开了厨房。

埃利奥

一家人就像花园里的各种植物：每天都有变化，起初很难被察觉。有些植物长势更好，会相互遮蔽；有些会枯萎；有些则茁壮成长，开花结果……

——玛德莱娜·沙普萨尔，《小心年轻女孩！》

我有妈妈，一直都有，而且她是世界上最好的妈妈。现在我也有爸爸了，还有一个妹妹、一个弟弟和一个继母。我还有“大眼儿”。

以前，我的秘密花园里只长着一棵孤独的植物，而现在，就像变魔术一样，花园里突然又多出了五棵植物。

斯特凡跟我讲了他和妈妈的过往，解答了尘封在我心底的疑问。就在那时，我意识到了这个新变化。当他把这件事告诉吕邦的时候，我看到了弟弟脸上的喜悦。在他眼里，一切都很简单。

斯特凡和我想象中的爸爸不一样。我目前对他没有任何感觉，既不蔑视也不热爱，既不怜悯也不愤怒。

什么感觉都没有。

在虚无的宇宙中，我所有的感觉都麻痹了。

当他敲响我房门时，时间已经很晚了，我也不知道自己想不想听他说话。

他从我的眼神里看出我的心思了吗？

他站在门口，犹豫不决。

“埃利奥，我不知道你愿不愿意，我想明天去看看波利娜……你的妈妈……和你一起。她的情况有好转了，米安加里告诉你了吗？”

我没有回答，我不知道和他说什么。

他朝我走了几步。

“你还需要时间，我理解。我也需要，你明白吧。”

他苦笑了一下。

“谁能想到我没有经历过哄睡、喂奶和不眠之夜，就突然成了一个十五岁孩子的父亲？我们有很多事情要弥补，不是吗？”

他停顿了一下。

“好吧……如果你愿意的话。我突然收到了一个‘礼物’，我没有说明书，不知道怎么打开他的心，也不知道他的生活习惯。”

在听到这些话后，我心中有什么东西突然融化了。我又想到了“大眼儿”，虽然已经过了这么多年，但是为了再次见到她的维多利奥，她还是愿意付出一切代价，哪怕没有亲眼看到他长大。也许我也应该给我的爸爸一个机会。

“好吧，”最后我说道，“我……们……一……起……去……医……院。”

米安加里

看到他们两个的时候，我的情绪一下子就激动起来了。

从上周开始，埃利奥已经不用坐轮椅了，他可以拄着拐杖慢慢走路了！他的父亲正跟在他身后——不，是在他身后一米远的地方温柔地看着他。

我在心里笑了，真为他们感到高兴。

埃利奥的调查结束了，司徒迈唱的《爸爸你在哪里》也结束了。

“埃利奥！最帅的埃利奥！”我提高了音量喊道。

瞧，我差点就当着他的面哭出来了！

“你……好，米安……加……里。”

“我们来看埃利奥的妈妈。”斯特凡·丹维尔简短地说道。

“没问题。今天她状态很好，她现在就在花园里的雕像附近。”

我看着他们走远了。我深信，埃利奥一定会以三倍的速度迅速恢复的。

“话说，我没想到这个孩子已经能站起来了！”有人在我身后说道。

说话的人是救护车司机索菲，她正抽着烟休息。

她又说：“两个月前，我第一次把他送到他的寄养家庭，当时觉得好像在带他去赴死。欸！没想到，他在那儿完全变了个样！不得不说，这些孩子很坚强。”

“他很走运，遇上了好人家，”我小声说，“就是他自己的家。”

我不想被她看出我的情绪，于是转身想走。埃利奥也刚好转过身来，冲我笑了笑，仿佛他在远处听到了我说的话。

吕邦

米拉总说我是头小倔驴，因为我一想到什么事情就要立刻去做。

就让探长女士说吧！如果不是她插手了爸爸和波利娜的事，我们到现在还被蒙在鼓里呢！

我决定去找她。我推开她的房门，发现她正在和她的闺蜜洛洛打电话。

“怎么了，吕邦？”

“我有一件非常重要的事要告诉你。”

“你能等等吗？”

“不能。”

她呼了口气。“洛洛，我得挂电话了，我亲爱的小磨人精来了。”

我站在她对面。“我们应该举办一场派对。”

“派对？”

“对！为了欢迎埃利奥啊，这次是真的欢迎他！”

米拉嘟着嘴。“我不知道他愿不愿意。”

“我觉得他愿意。我敢说大家都会高兴的。还有比安卡，她跟我说如果你也同意的话，她很愿意帮我们准备这次惊喜。你就答应吧！你的点子最多了……求你了！”

米拉

“你问过爸爸妈妈的想法了吗？”

吕邦低着头。“还没有。”

“必须先要问过他们，不是吗？”

“是的。”

我笑了。我的弟弟太可爱了！

“不过，我觉得他们会同意的。但是我们要按部就班地来，不能着急，吕邦！我们得等到埃利奥身体再好一些，最好等到波利娜完全康复。然后我们就去和爸爸妈妈说这件事，看看怎么组织派对，好吗？”

吕邦点了点头，蹦蹦跳跳地离开了我的房间。

我没有再打给洛洛，而是躺到了床上。我需要好好想想。在这么短的时间内，我的生活发生了如此大的变化。这太疯狂了！

埃利奥……

我现在有两个兄弟了。这个故事太疯狂了！

埃利奥

我就像一个被困在玻璃泡泡里的人，每个人都能看到我，但没人能听到我。我想要打破泡泡，被人听见。

——克莱尔·埃舍尔莉，《伊莉斯，或生活》

妈妈会从她的泡泡里走出来的。终有一日，她会慢慢地找回自己。但我想知道她在名为“遗忘”的星云中飘了多远。

当斯特凡走到她身边的时候，她盯着他看了很久，和她再次看见我时的反应一模一样！她思考的时候总是皱着额头，但这次却没有，可能她现在想的不是关于彗星轨迹的问题。

再次看见她的时候，爸爸看起来很震惊。的确，十六年后重逢年轻时的恋人，这感觉一定很奇妙。他情绪激动，就像一棵把叶子抖得沙沙作响的欧洲山杨。

我抚摸着妈妈的额头，凑近她的耳朵和她说话，然后把一幅新画塞到她手里。斯特凡就站在一旁看着。

我觉得他可能会不自在。

“你还……好吗？你要坐……下吗？”

“埃利奥，不用管我。”

我走开了，让他们两个人独处一会儿。我不太想加入谈话，但我希望他能向她敞开心扉，希望他的话能穿透她的泡泡。

在回去的路上，我们两个谁也没有说话。我需要沉默，我觉得他也需要。沉默很有用，可以让人的心平静下来。

进家门前，他轻轻地把手搭在了我的肩膀上。

“埃利奥，我不清楚你是什么感受，但是我，我很高兴重新拥有了你！我会弥补那些逝去的时光，刚刚，我对你妈妈承诺过。”

我点了点头。这次，我是真的不想说话了，但是我笑了。

今天晚上米拉来找我了，她担心我探望完妈妈后会难过。我妹妹真是世界上最好的妹妹！

我们相视一笑，我轻声地说出了那句已经在我脑子里排练了好几遍的话：

“米拉……在希……伯来语……中的……意思……是‘话语’。”

米拉睁大了眼睛。

“嗯，埃利奥，你是怎么知道的？”

“米安……加……里。”

我继续费力地说着。

“我的……话语……丢……失了。你愿……意……”

她主动抱住了我。

“当然了，埃利奥，我会帮助你的。我们一起去找回那些话。你等着瞧吧，你一定会把它们都找回来的。但是你得小心了，我可是很严格的！”

我成功了：阿鲁藤肯定不会再出现了，它已经输掉了这场战争。

睡觉的时候，我在枕头下面发现了吕邦的画。

小王子问小狐狸：“我们是兄弟，你知道吗？”

比安卡

天哪！这还是丹维尔家吗？这些年来，这个家一直风平浪静……然而现在，在短短几个星期内，这个房子就变成了一个蜂巢，住在这儿的每个人都变成了嗡嗡作响的蜜蜂！

他们的低语、傻笑和密谋散布在每层楼、每个角落！

我希望埃利奥不会起疑。但我不敢确定，因为他的心思很细腻，可能只是假装没有看到而已！

米拉

今晚，我们在比安卡的房间召开了峰会。

“我已经发短信通知阿妮萨和雨果了。我还邀请了多洛雷丝……还有谁？”

“米安加里。”比安卡说道。

“啊对！”

“还有乔治先生。”吕邦补充道。

“当然了，还有乔治先生！但是吕邦，这是个惊喜，你要管好你的嘴，千万不要泄露出去，好吗？”

“我保证！”

“好。还有爸爸，妈妈，波利娜……”

“还有埃利奥。”吕邦又补充道。

“一共有十来个人……”比安卡总结道。

“这样可以吗？”

“当然可以！我会准备丰盛的饭菜。”

“我们会帮你的！”吕邦说。

“希望如此！”比安卡笑着回答说。

“应该准备一份礼物，不是吗？”吕邦问道。

“礼物？你说得对，但是要准备什么礼物好呢？”

“我不知道……应该问问爸爸妈妈。”

“好主意！”

“我觉得对于埃利奥来说，最好的礼物就是你们为他准备的这个惊喜派对，以及他妈妈正在飞速康复。还有，他找到了一个新家。”比安卡说道。

吕邦点了点头，俏皮地说道：“那不仅仅是给他的礼物，也是给我们所有人的礼物。”

是的，埃利奥是给我们所有人的礼物。

结束语

乔治先生

看到一个家庭重新凝聚起来，我不禁激动地全身发抖。

玛丽安

我看着他们仨，舍不得移开眼睛。我想，埃利奥就是这个家里缺失的那块拼图，在遇到我们之前的那些年，他一直都在阴影中等待。而我们也在等待他，好像没有他，我们的家庭就不完整。

米安加里

生活万岁，真情万岁！

多洛雷丝

我也想要一个像埃利奥那样的哥哥。好吧，不管我怎么调查，怎么审问爸爸妈妈，我都没有隐藏的兄弟姐妹！但因为我是米拉最好的朋友，所以埃利奥也算是我的哥哥。

波利娜

从我所在的泡泡底部发出的声音……

埃利奥，你已经进入了一个新的星系。你一定要幸福，我的星星。

当我们重逢的那一天，我有许多事要告诉你，你会原谅我吗？

阿妮萨和雨果

“雨果，你不觉得这个故事很疯狂吗？”

“特别疯狂！但是也很酷。”

“是的，酷呆了。埃利奥他好像很……开心。不幸中的万幸，他遇到了丹维尔一家。”

“是的。”

斯特凡

我们能从错误中学到些什么吗？当然可以，只要我们敢于直面错误，敢于喊出它们的名字。接受了埃利奥以后，我也明白了另外两个孩子的心。他们姐弟俩也意外地借这个机会修复了感情。我不知道能不能弥补过去的事，但我想从现在开始，陪在我那个从天而降的儿子身边。

米拉

坦白说，我很震惊！但我不是在做梦！埃利奥就在我们身边，他妈妈也在。他们两个长得太像了！他们看起来是多么地相亲相爱！原本我还以为邀请波利娜来家里可能会很奇怪……因为妈妈……好吧，恰恰相反！一点儿都不奇怪！妈妈对埃利奥和波利娜照顾有加。她现在看我们的眼神，是那么的温柔，我的头发都要竖起来了！至于爸爸，他好像还没有意识到发生了什么！

吕邦

我、米拉和埃利奥，我们显然是兄弟姐妹，因为我们三个最喜欢的蛋糕都是比安卡做的提拉米苏。

还有，我之前搞错了：波芭和麦哲伦很喜欢对方。

埃利奥的派对太棒了！另外，我很喜欢他为我画的画——一株含羞草。

比安卡

多么美好的一天啊！多么幸福啊！能被这个大家庭接纳（或许我应该说“收留”），我是多么幸运啊！

埃利奥

当我从康复中心回来，打开家门的时候，映入眼帘的是气球、笑脸和闪闪发亮的眼睛。我想，我曾经差点就与幸福失之交臂了。

我错了，我不是唯一一个蜷缩在泡泡里的人。因为害怕他人，每个人都以自己的方式被困在了泡泡里。而我们只需要向前迈进，一步一个脚印，泡泡就会一个接一个地破灭。